洪鈞著作集

卷二

卷二目録

元史譯文證補

元史譯文證補

元史譯文證補

汪鳴鑾署檢

汪鳴鑾

柳門

光緒二十六年

廣雅書局刻成

元史譯文證補序

自來一統之朝幅員最廣莫如有元而有元武功之盛莫如蕩平西域太祖成吉思汗即位之十四年始議親征大舉西伐至十八年而功成西南至於西印度之費那克河西北至於裏海黑海阿羅思當時用命諸王則前有朮赤察合台旭烈兀等後有拔都等諸臣則有哲別速不台等類皆謀勇足備猛摯無前故得犂庭埽穴所向披靡而其閒往來文牘皆蒙文土語史官紀載略而不詳至旭烈兀後王合贊時命其臣火者拉施特兒哀丁纂修蒙古全史一書又皆阿剌比文未行於中國明洪武元年詔宋濂等修元史燕京圖籍稾載而南閱一年而即成遺漏散失譌舛實多考古者憾焉嘉定錢竹汀宮詹見元祕史譯

廣雅書局栞

本以爲論次太祖事迹當於是書折衷然猶未見祕史之蒙文也順德李仲約侍郎得蒙文祕史又取他書加以參訂著元祕史注然所據亦僅中土諸家紀載未覩拉施特史也蓋至光緒己丑歲吾吴洪文卿侍郎奉　命出使俄德和奥駐其地者三年周諮博訪裒然成書而後元初西域用兵始末乃犂然大備焉侍郎之初至俄也得拉施特書隨行舌人苦無能譯阿剌比文者見之皆瞠目侍郎以爲既得此書當使顯於斯世不可當吾身而失之於是百方購求遂得多桑書則譯成英文者又得貝勒津裒甙鑾諸人書則譯成俄文者始有端緒可尋而所譯各從其音人名地名部族名有繙改歧異者有前後不一者乃復詢之俄國諸通人及各國駐俄之使臣若英若法若德若土

耳其若波斯習其聲音聆其議論然後譯以中土文字稿經三易時逾兩年而始成書名之曰元史譯文證補證者證史之誤補者補史之闕也惟其中數卷掇拾散漫未及定稿壬辰侍郎歸卽　授爲總理各國事務衙門大臣公牘旁午未遑卒業而一燈中夜猶孳孳爲之無倦容癸巳秋侍郎病且劇臨歿以其初稿之雜摭者付其子工部郎中洛俾守之以其清本屬沈子培比部及余二人且曰數年心力瘁於此書子爲我成之甲午余奉　命典江西試歸途聞耗則洛又歿亟函詢其稿本已散失不可復得矣其明年余以養母乞假回籍旋奉諱家居於是取其清本重斠數過以付梓人復寓書子培商其體例惜所謂未及定稿之數卷已無從搜索其字句間有可疑者亦不獲以

初稿釐正之則其書仍未完備然有元西域武功之盛卓越前古觀於此書亦可知正史之遺漏舛錯非可僂指計印祕史譯文及李侍郎所爲注猶未免囿於聞見也則其蒐羅考訂之功豈樽𢡟家所可同年語哉侍郎爲余館前輩洛又爲余之女夫其駐俄也時時以所屬稿遠寄就余商若太祖紀譯證及西北地附錄釋地西域補傳木剌夷補傳蓋其尤愜心貴當者洛亦能文冀其克承家學不謂父子相繼淪逝余既傷之其臨歿所屬何敢辭刊既竣爲述其緣起如此光緒二十三年歲在丁酉冬十月元和陸潤庠拜序

引用西域書目

火者拉施特兒哀丁省文稱拉施特或曰法在兒烏拉喝拉施特或曰拉施特哀特戴勿來特又曰拉施特哀兒哈克佛哀丁統觀諸說以火者拉施特兒哀丁稱謂爲當人多謂其系出猶太波斯之哈馬丹人生於宋理宗淳祐七年即元定宗二年先以醫伎侍西域宗王合贊繼司文誥以其有著作才命修國史盡出先時卷牘資其考覈復命蒙古大臣諳掌故者襄事書成名之曰札米伍特台白兒力克上四字義爲全下五字義爲史猶言蒙古全史書自敘云合贊汗以今衆國從謨罕默德教而蒙古世系册垂統緒及今不紀後將失考擇於廷臣屬以史職辭不敏不悉蒙古事實弗獲命惟命蒙古人博拉承相爲之佐就以諮詢乃得賅備云云書名甚冗長今以私意名之曰元西域史庶便稱引書用波斯文惟鈔本傳世從前波斯自有文字自天方教興滅波斯遂改從阿剌比文字即今世所云回回文也然今天山西北一帶亦從天方教用其文字而與波斯文字不免同異蓋語言異故文字亦不盡同使署從

官無識阿剌比字者須由西人譯本繙出故原書具在而不能
譯亦一憾事俄德英法皆鈔錄其書存官書庫阿剌比文於字
之上下加點分音故迻寫易訛間尚有地理志一卷已久佚矣
又書中牽引天方教謂蒙古上世同出一源此猶蒙古源流之
鋪敘釋氏今並不譯其書備敘蒙古部族元帝先系元太祖一生事迹此有
俄人貝勒津譯本爲得廬山眞面太宗定宗憲宗三朝紀述已略西人多桑間有譯采據云
太宗滅金之事不如元史之詳定憲二朝有可據以補證元史者故今譯多桑書爲定憲本紀補輯而無太宗世祖成
宗二朝尤略而西域宗王則自旭烈兀以至合贊皆各爲傳紀
事特詳由於身仕宗藩見聞親切也多桑所著旭烈兀以至合贊諸傳皆本其書自合兒
班荅以下則別取西域人記載文理卽大遜於前拉施特相合贊後相其弟合兒班荅
書成於合兒班荅時後爲不賽因所殺俱見諸王傳
阿拉哀丁阿塔蔑里克志費尼阿塔爲大蔑里克爵名見元史西域志費尼地
人以地爲名其父巴海勒丁謨罕默德志費尼仕於蒙古元史

憲宗元年以阿兒渾充阿母河等處尚書省事法合魯丁佐之法合魯丁卽巴海勒丁之異譯志費尼曾侍其父入覲和林旭烈兀西征從軍主文牘報達旣平令爲地方大吏著有書三卷前紀太祖末十年及太宗定宗之事畏兀西遼貨勒自彌之事太祖太宗兩世用兵西域之事後半紀旭烈兀滅木剌夷之事書至宋理宗寶祐五年卽憲宗七年而止續之者瓦薩甫（拉施特紀西域之師爲華書所無蓋出於此多桑所紀西域始末亦本之也）

瓦薩甫亦西域人名阿卜圖拉字瓦薩甫以字行受知於拉施特兒哀丁以文學薦於宗王合兒班荅授之官著書五卷以續志費尼皆紀西域宗藩之事（多桑所著宗藩列傳亦本之）

訥薩怖（夫以切）阿剌比人生於訥薩之地故稱之曰訥薩怖希哈

潑哀丁謨罕默德乃其名也先爲喀侖特而堡長官西域故王之子札剌勒丁自印度西歸建國辟爲幕府官太宗之世遣將西征札剌勒丁死爲傳紀之書名西雷士斯蘇爾灘只拉兒哀丁忙果必而體西雷士斯釋義爲傳餘詳西域傳中此書亦爲多桑所本

阿黎意本阿拉育勒體耳西域毛夕耳部人省文稱阿黎毛夕耳即元史西北地附錄之毛夕里常奉其部主之命使於報達著書首言開闢以來天帝肇生人類皆謨罕默德敎中之語末數卷言蒙古入西域而哲別速不台一軍入西域之西北侵角兒只國歷失兒灣國以踰高喀斯山等事爲備蓋毛夕耳部壤地相接見聞易詳也書名喀密兒伍脫台白兒力克上五字義爲聚下謂史今惟存後六卷藏於法都多桑所紀哲速二將西北進師之事亦多本之

以上皆見多桑書內引用書目

阿卜而嘎錫蒙古人朮赤裔孫明崇禎末年爲鹹海之南機窪部主即元史西北地附錄之花刺子模地元初西域王之舊部在焉機窪或作其瓦或作基發本城名後以城名爲都名其所著書本於拉施特兒哀丁而舉其大略意在詳論蒙古先世然大率引援天方教語不足憑也書用突厥文名曰適直里意突而克猶言突厥族譜俄羅斯人戴美桑譯以法文西人無厥字音故突厥轉爲突而克當云突厥而屈

多桑歐羅巴人不詳其著籍通阿刺比土耳其等文字著有土耳其史蒙古史嘉慶年間成書其蒙古史道光初年重刊於和蘭又重刊於法京巴黎自多桑書出西人考元事者接踵迭起

皆稱引多桑先求其書不可得得今英人霍兒渥特書譯之意未安也復譯德人華而甫之書繼於德國藏書官舍假得多桑舊本譯以互校乃知華而甫書好逞臆見引述舊說往往改易失眞霍兒渥特書本於多桑而蒐獵過繁胸無斷制異說叢積輙自矛盾求述作之才於俅傑之文亦大難矣書中補傳悉本多桑間引他說拔都西伐則華而甫敘述轉詳且多出於西國當時文報記載故亦本之此外又有德人哈木耳著書論蒙古事披沙揀金偶然得寶而已若駙馬帖木耳補傳則本東羅馬書察合台後王補傳則雜采西人所譯西域人著述以繁冗不備載哈木耳識多桑所著西域人名有丁字者多作屋丁謂哀丁之解爲信奉教理有丁必有哀若作屋丁則抹煞哀字意矣曾訪波斯使臣其說良然並當云哀而丁以是知元史人名譯音不備也

貝勒津俄羅斯人專譯拉施特之書其書自序謂欲全譯然僅成太祖本紀蒙古部族考數種凡三卷書中本紀譯證部族考悉本之又有俄人哀忒蠻書不甚可從詳譯證小注

廣雅書局栞

元史譯文證補目録

廣雅書局栞

廣雅書局栞

元史譯文證補卷一上

兵部左侍郎總理各國事務衙門行走加三級臣洪鈞撰

太祖本紀譯證上

元成宗時西域宗王合贊命拉施特修史敘述太祖事迹頗詳西人多桑著書采輯其說間有去取又多羼入元史轉掩廬山眞面俄人哀忒蠻書自謂專本拉施特然仍時時羼雜他說其人文理鄙俚譯述多誤但宜節取未足深憑最後乃得俄人貝勒津之書則誠墨守拉施特其自序謂逐句逐段繙譯無淩躐無改易廬山眞面一旦豁然拉施特自謂親見本朝譜牒史策依據成書今以元史親征錄元祕史較之則尢與親征錄符合用知親征錄實由脫必赤顏譯出當日金匱副本必然頒及宗藩否則夷夏異文東西異地何以不謀而合若此至其中軼事異聞往往不見他書惟見祕史人名地名部族名又足證祕史音譯之眞而祕史異於元史者亦足證其紀敘之失惟西域之師所載事實爲自來華書所未見當係脫必赤顏極其簡略而憲宗時西域人志費尼已有著述拉施特取以補入也然記事可以加詳編年不敢立異故拉施特書內年分與元史親征錄相同而多桑所記西域之師則多本志費尼年分遂與史錄不合又以證邱長春西遊記所云辛巳歲帝將兵追算端汗至印度壬午班師爲得實也元史疏簡親征錄加詳而訛奪過多幾難句讀祕史最完善然征

伐大事錯謬牽併錢詹事謂論次太祖事迹當於祕史折衷今得此書是非同異皆可證明乃知詹事所言非篤論矣拉施特書屢經傳鈔不免奪誤又經重譯抑恐差池繙述不敢文人名地名部族名不輕改音皆懼失眞也

自來突而屈各族以及蒙兀爾西人稱突而克詢之土耳其使臣則曰突而屈爲突厥之本音土耳其郎突厥遺種也蒙古本稱蒙兀兒舊唐書室韋傳洪皓松漠紀聞引之朔漠方言尾音有爾字宜輕讀郎祕史蒙文之忙豁勒詳蒙古考突厥轄部最廣元世突厥已久滅而西域史猶列蒙古於突厥族類中從其朔也耶律鑄雙溪醉隱集屢言突厥取和林詩注引唐開元闕特勤碑謂諸突厥部之遺俗猶呼其可汗之子弟爲特勤特謹字也涿邪山詩注突厥諸部遺族至今亦呼其磧鹵爲朱邪紅叱撥贊序諸突厥部遺俗呼今之諸色桃花馬爲叱撥後突厥三臺詩注突厥凡征戰惡馬噴馬嘶以爲將敗之徵是元時北部猶存突厥遺稱皆各有君長不受一共主約束先時乞解人掠其地繼則北族掠乞解之地故乞解築長城以限戎馬乞解郎契丹蒙古稱金亦曰乞解自哈喇沐漣迄於主兒只界以抵於海哈喇沐漣郎黃河主兒只郎女直或譯曲兒只而汪古部扼守長城要隘防禦北族迨汪

古部主阿剌忽思的斤忽里附於成吉思汗導兵入隘於是長城之險盡失混一宇内天意蓋有屬矣太祖破金得力於汪古歸附觀元史阿剌兀思剔吉忽里傳可見自來論金元事者未及此義金之長城見張德輝紀行蒙兀先無文字世系事迹口相傳述無史記以爲定論自朵奔巴延至成吉思汗約近四百載部族考云約三百載據庫藏國史及知掌故者參訪合徵之焉朵奔巴延卽元史之脫奔咩哩犍本紀敘帝先系始於此人據此數語觀之當是蒙古國史亦始此人而元史本之也自此以上世系當是傳述得之故元史之世系少而祕史蒙古源流之世系多相傳古時蒙兀與他族戰全軍覆沒僅遺男女各二人遁入一山斗絶險巇惟一徑通出入而山中壤地寬平水草茂美乃攜牲畜輜重往居名其山曰阿兒格乃袞義詳部族考二男一名腦古別譯奴庫案元史名腦忽者甚多西人譯忽字音每訛爲古爲庫或卽腦忽一名乞顏阿卜而嘎錫多桑等書音似計泮亦似奇俺貝勒津譯爲克顏西人譯乞字音非奇計卽

克祕史乞牙惕之稱由乞顏而來故知必是乞顏之異譯元帝本姓肇始於此非有祕史及此書孰克知之乞顏義爲奔瀑急流以其膂力邁衆一往無前故以稱名乞顏後裔繁盛稱之曰乞要特乞顏變音爲乞要曰特者統類之詞也他西書多作計牙特貝勒律作奇攸特案祕史作乞牙惕蒙古源流作卻特輟耕錄作乞要歹博明西齋偶得作確特北方讀卻如確輟耕錄之乞要合音卽成卻確尢勝於祕史之乞牙以貝勒律所譯奇攸二字較之乞要爲近元史之奇渥亦乞要二音之變不云奇渥特而云奇渥溫者祕史有脫忽刺特族亦稱脫忽刺溫卽是此例然氏族正音應稱奇渥特不應稱溫此元史之可議處元史語解特爲衆詞輟耕錄之歹卽特字重讀後世地狹人稠乃謀出山而舊徑蕪塞且苦艱險繼得鐵礦洞穴深邃爰伐木熾炭篝火穴中宰七十牛剖革爲筩鼓風助火鐵石盡鎔衢路遂闢後裔於元旦鍛鐵於鑪君與宗親次第捶之著爲典禮自相傳古時蒙兀與他族戰至此未載原書別見於氏族考然下文有蒙兀出阿兒格乃袞一語入後又有氏族復稱乞要特一語皆突如其來閱者不明故據氏族考增入

拉施特於此有疑詞見氏族考案隋書突厥傳後魏太武滅沮渠氏阿史那以五百家奔茹茹世居金山工於鐵作金山狀如兜鍪俗呼兜鍪爲突厥因以爲號或云其先國於西海之上爲鄰國所滅男女無少長盡殺之至一男不忍殺則足斷臂棄大澤中有一牝狼每銜鹿至兒因食之得不死後與狼交狼有孕焉其狼若爲神所憑欻然至於海東山上下有洞穴狼入其中遇得平壤茂草地方二百餘里狼生十男其一姓阿史那氏最賢遂爲君長阿賢設率衆出於穴中語意頗相類恐是蒙古襲突厥語以敘先德祕史謂狼鹿生人爲蒙古鼻祖亦顯拾突厥唾餘揑鐵典禮元史無徵豈朔漠舊俗惟内廷行之宗親得與而禮官無聞歟抑入中國後舊俗遂廢歟拉施特仕宗藩之朝親見揑鐵典禮載旭烈兀後王傳中當非妄語竊謂唐時已有蒙兀則其世次多歷年所敗於鄰部入山避難事所恆有或與突厥同出一源亦未可知至於化鐵成路則語涉不經然乞要特之姓根據由此又未可以其不經而删之也餘詳部族考

蒙兀之出阿兒格乃袞其後人最著稱者曰孛兒特赤那妻子甚多長妻曰郭斡馬特兒祕史蒙文作孛兒帖赤那豁阿馬闌勒爲狼鹿相配而生人蒙古謂狼曰赤那據此則以狼鹿爲名非即獸也辨見祕史注蒙古源流作布爾特齊諾音亦類惟云吐蕃贊博位爲臣篡其季子布爾特齊諾渡騰吉斯海東行至拜噶勒江所屬之布爾干噶勒圖納

山下必塔地方人衆尊爲君長混蒙古於吐蕃非特誇耀華冑
且以誇蒙古先世無不奉佛猶之蒙古人入天方敎者引天方
敎人爲其祖也拜噶勒湖在今俄羅斯境不當言江布爾干噶
勒圖納卽祕史之不兒罕合勒敦爲元帝先世發祥之地三書
相較以西域史爲近情生必特赤干祕史巴塔赤罕蒙古源流必塔察干以下省文稱源流必特赤
干生特馬徹祕史塔馬察源流特墨徹克特馬徹有五子長子曰乞楚蔑兒
干源流作和哩察爾墨爾根與祕史豁里察兒蔑兒干音合此作乞楚譯誤或謂四子離其兄他徙
縛木筏以渡河是爲朶兒奔一派朶兒奔義謂四也後裔有庫
倫撒哈兒者出獵得山牛遇巴牙兀特人巴牙立克乏食以子
易牛肉庫倫撒哈兒挈其子歸後以贈阿闌郭幹故成吉思汗
部下巴牙兀特人爲世僕者皆此子之後祕史載此二節甚詳世次既異情事亦微
異庫倫撒哈兒疑卽都蛙鎻豁兒巴牙立克當卽馬阿里黑惟祕史爲伯牙兀之分族名此爲人名亦異源流作瑪哈賚謂是
多博墨爾根之連襟則似人名矣乞楚蔑兒干生古津博郭羅爾源流作阿固濟木博郭囉

勒此奪阿字濟木合音如津木字不讀本音讀如哭下俗音之姆祕史作阿兀站孛羅溫微異古津博郭羅爾生也客你敦祕史同源流作尼格尼敦祕史也客你敦之父撒里哈察兀源流作薩里噶勒濟圖此無也客你敦生珊鎖赤祕史撏鎖赤源流薩木蘇齊木字讀法見前珊鎖赤生哈里哈爾楚源流同祕史作哈兒出哈里哈爾楚生朵奔巴延元史脫奔咩哩犍祕史朵奔蔑兒干源流多博墨爾根𥟖蔑兒干爲善射之稱是稱謂非名或其名有巴延而不著也蒙古語巴延富也源流祕史皆多兩代源流博爾濟吉台墨爾根其子都喇勒津巴延與此之朵奔巴延字音相近祕史孛兒只吉歹蔑兒干其子脫羅豁勒眞無巴延二字此少二代其有訛乎多桑亦引源流以證異說西人稱源流曰薩囊薛珍蓋作者名也阿卜而嘎錫之書則哈里哈爾楚之下乃多四代字音大異尤不可據朵奔巴延居斡難克魯倫土拉三河發源之地不兒罕哈勒敦山原譯不兒哈都字音不全今從祕史婦阿闌郭斡火魯拉思氏元史阿闌果火源流阿掄郭斡祕史阿闌豁阿豁之變郭猶哈之變喀當是祕史音叶蒙古語豁阿美也爲婦女之名祕史云因在不兒罕山遂爲豁里剌兒氏此氏名祕史僅一見殆卽火魯拉思生布兒古訥特伯古訥特祕史

音合惟次序倒置見祕史注元史博寒葛荅黑博合覩撒里直乃是白光所生三子中二子而誤以爲夫在時所生源流作伯勒格特依伯袞德依譯音較遜而次序相符此二子後分二派無一至西域者或云蒙兀本地亦少朵奔巴延早卒阿闌郭斡寡居而孕夫弟及親族疑其有私阿闌郭斡曰天未曉時有白光入自帳頂孔中化爲男子與同寢故有孕且曰我如不耐寡居曷不再醮而爲此曖昧事乎斯蓋天帝降靈欲生異人也不信請伺察數夕以證我言衆曰諾黎明時果見有光入帳片刻復出衆疑乃釋祕史但記訓子之語源流告其妯娌侍婢等與此略同元史白光自天窗入化爲金色神人來趨臥榻源流謂夢一奇偉男子與其寢祕史黃白色人將肚皮摩挲則與陳桱通鑑續編李廷機大方通鑑屢有光明照其腹語意相類旣而舉三子曰不袞哈塔吉其後爲哈塔斤氏曰不固撒兒只其後爲撒兒助特氏曰孛端察兒其後爲孛兒只斤氏孛兒只斤釋義爲灰色

目睛以與白光之神人同也三子名氏族名與祕史源流大同小異自以祕史爲準孛兒只斤之釋義華書皆無案傅囉青也博囉孛兒音近只斤爲睛無考拉施特謂是突厥語以祕史源流考之則孛端察兒之曾祖已有孛兒只吉歹之名不應至孛端察兒始爲姓氏西域史則先無孛兒只吉歹之人古時蒙古人目睛多作栗黃色見多桑書中今西北游牧部人尚多如是灰色睛則近黑矣元史云狀貌奇異則西域史此說亦非無因原書此二節敘述嫌略據拉施特所著氏族考及多桑書增入

此三子支裔蒙兀人以其稟受之異稱之曰尼倫釋義爲清潔別派則謂爲多兒勒斤猶言常人此說華書所無拉施特又云尼倫一派與衆派相較如螺殼之有珍珠樹木之有果實

孛端察兒二子長布格次布克台此與華書大異惟源流嗎哈圖丹之父曰伯格爾巴圖爾此代人名元史祕史無之巴圖爾爲勇號伯格爾即布格則未可謂西域史之說悉無稽也祕史孛端察兒別子巴阿里歹即源流之巴噶哩台亦即布克台

布格子土敦邁甯本紀咩撚篤敦袁作咩歷篤敦祕史茂年土敦源流瑪哈圖丹此作土敦邁甯誤倒較以元史祕史則布格一代應是把林失亦刺禿合必赤拉施特自謂親見國家金字譜牒而歧異如此殆不可解又多桑引薩囊薛珍云布丹察爾生三子曰巴

噶哩台曰亦察郭兒圖曰哈必齊巴圖爾哈必齊子爲伯格爾巴圖爾孫爲瑪哈圖丹今案蒙古源流云布丹察爾將伊所生之子命名巴噶哩台汗之後裔哈必齊巴圖爾無亦察郭兒圖之名聞西人云薩囊薛珍一書華文譯述遺漏頗多或不妄也今以多桑所引二子之名刪去台字以巴噶哩亦察郭兒圖哈必齊十二字合讀之與祕史之把林失亦剌禿合必赤元史之八林昔黑剌禿哈必畜字音甚類或一人而誤分爲二或三人而誤合爲一顯然疑竇凡此異說皆無從論斷矣布克台子納臣或謂泰亦赤兀爲納臣後然國史明言泰亦赤兀爲扯勒黑領昆後國史不言納臣事迹惟言其姪海都值札剌亦兒之難納臣救之其後居地相近而納臣後人與泰亦赤兀同居一處故致訛也此節足證祕史族派之是惟祕史納臣爲茂年土敦子海都爲茂年土敦孫此書世序不符土敦邁甯爲成吉思汗七世祖蒙兀稱七世祖曰都荅昆七世祖以上無專稱統稱阿勒赤根額不干土敦邁甯生九子而卒元史謂八子祕史七子其妻莫奴倫亦稱莫奴倫塔兒袞義謂有力居

於諾賽兒吉及黑山之地元史莫拏倫祕史作那莫倫得此可證元史之是諾賽兒吉地名無考黑山見張德輝紀行畜牧饒富每登山以觀牲畜遍野顧而樂之時有札剌亦兒部居克魯倫河濱以車為闌每一千車為一庫倫庫倫義為圈子共有庫倫七十常恃其衆與乞觧戰爭乞觧遣大軍至札剌亦兒人窺視之隔河而招速請過河取我牲畜然乞觧單弱束筏渡河大敗其衆俘戮無算此乞觧當是遼有敗衆以七十車載老幼逃至莫奴倫牧地饑困掘速都遜草根為食俄人狄貝拉譯速都遜之名謂郎人麥草恐不足憑以是地多坎窞莫奴倫見之謂我子牧地何得踐擾以是致爭鬭莫奴倫及其八子皆被害幼子海都之伯叔納臣娶肯布特氏女居婦家復云海都亦娶肯布特氏女肯布特當是巴兒忽特之訛聞難來視則惟海都被匿得免其後率族人攻札剌亦兒人取為奴僕海都

遷於巴兒忽眞土窟姆（祕史蒙文卷六有此地名姆作木）爲蒙兀之外界造路於河上通往來名曰海都赤拉勒姆納臣則居斡難河（此節足爲元史之證祕史蔑年土敦七子名氏後裔皆全確然有誤）海都爲成吉思汗六世祖蒙兀稱攸兒吉生三子長子拜桑古兒（元史拜姓忽兒祕史伯升豁兒多黑申源流星和爾多克新）次子扯勒黑領昆爲泰亦赤兀之祖領昆爲乞解官名因地與乞解鄰故用其稱號蒙兀語訛爲領忽（史表察剌罕甯兒祕史察剌孩領忽得此愈知祕史譯音之審案遼史百官志小部族詳穩司之下有令穩蕃郎領昆遼之官名始見於此世代約略可知且知部族尙小也）生數子長莎兒郭都魯赤摒（祕史則謂想昆必勒格）與托邁乃汗同時其子俺巴該繼哈不勒汗之位爲金主所殺（原書皆爾乞解阿勒壇汗蒙古語也今肖文稱金主俺巴該繼哈不勒汗之位見於祕史原書此後又有異詞蕃傳聞各殊以致自相矛盾今據祕史存此而刪後之異詞）俺巴該子哈丹太石（祕史作合荅安太子）哈丹太石子布荅與成吉思汗

同時泰亦赤兀族有塔兒忽台哈拉兒禿克（原注下五字爲妒忌貪吝之解祕史字音大同小異）爲阿達爾罕之子與成吉思汗爲仇又塔兒忽台同祖弟兒忽力兒把阿禿兒（錄謂同父兄弟）盎庫兀庫楚（即元史之部長沆忽也親征錄亦有阿忽兀忽出）皆爲泰亦赤兀部長泰亦赤兀分各派雖合爲一而部長不一扯勒黑領昆於其兄拜桑古兒卒後娶其嫂復生二子（此見祕史惟子名不同）曰更都赤那（謂義爲雄很案祕史蒙文卷九雄狼爲堅都赤那）烏魯克勤赤那（謂義爲母很）其後人爲赤尼思氏亦曰努古思（詳部族考）也速該在時泰亦赤兀族人亦歸統轄卒後叛去而赤尼思族仍附於成吉思汗十三翼之戰與有力焉海都三子鈔眞（下文亦稱鈔眞烏兒古斯疑是鈔眞斡兒帖該之訛見祕史）其後爲阿力干氏（無考）珊竹特氏（此見元史祕史有失主兀歹似即珊竹特惟所出異）又有晃豁壇氏亦爲所出鈔眞有子都兒魯亦圖行

路揕速鼻孔出聲因稱晃豁壇祕史謂鈔眞六子其後人姓氏與此不符惟晃豁壇有之然拉施特所著氏族考說又大異葢其作史兼采眾說或致前後矛盾也拜桑古兒爲成吉思汗五世祖蒙兀稱布達烏庫爾其子托邁乃爲四世祖元史敦必乃祕史屯必乃源流作托木巴該譯音益遠史表拜姓忽兒二子曰敦必乃曰直拏斯此與祕史皆無直拏斯細審字音葢即扯勒黑領昆收嫂爲妻所生二子之後上文云赤尼思即赤那思變音見部族考蒙兀稱布塔禿爾有九子可爲史表敦必乃六子之證特增三子耳祕史只二子而蔑年土敦七子大率史表敦必乃六子之名據此可證其誤皆聰明武勇後裔各爲支派丁口蕃盛前五子皆正室生六子以下庶出長子札克蘇其後爲那塔勒氏烏魯特氏忙兀特氏表葛朮虎此作札克蘇對音那塔勒即那牙勒下文亦作那牙勒史表作那哈合兒烏魯忙古二族元史元人文集皆謂刺眞八都兒之後郎祕史之納臣拉施特所聞殆誤札克蘇長子布倫布倫長子朮赤治朮赤治長子麥兒吉歹麥兒吉歹長子烏嗒必姬與成吉思汗之子共嬉

戲托邁乃次子八林昔刺禿合朱未言後人氏族史表名異八林昔刺禿合必赤之名乃見於此可疑其子烏勒姆烏勒姆長子察丹札爾察丹札爾長子台柱台柱長子乞班尼與成吉思汗之子共嬉戲三子哈出里其後爲巴魯刺思氏表作合產說同駙馬帖木兒傳亦載先世哈出里與哈不勒汗爲兄弟此足徵元史之是祕史之非哈出里長子愛兒敦竺巴魯刺祕史有額兒點圖巴魯刺當即此人愛兒敦竺長子脫丹祕史有脫朵延巴魯刺脫丹長子朮徹野朮徹野長子攸洛堪

哈力赤與成吉思汗之子共嬉戲四子撒姆哈準其後爲阿荅兒斤氏表作葛赤渾祕史有合赤溫此作哈準音同惟增徹姆字音史表阿荅里急即阿荅兒斤也姆字從吳下俗音撒姆哈準長子阿荅兒蔑兒干阿荅兒長子邪伏袞邪伏袞長子呼古呼古長子布拉柱與成吉思汗之子共嬉戲五子博歹阿庫兒格其後爲博歹阿特氏表作哈刺喇歹與祕史合闌歹音同此異惟博歹阿特氏則與

表之博歹阿替祕史之不荅安惕皆同　其長子庫兒根茂兒干庫兒根長子塔力古台塔力古台長子火力台火力台長子乞兒吉歹與成吉思汗之子共嬉戲以上皆正妻出六子哈不勒汗七子烏圖爾伯顏其後爲朱里耶特氏未言後人名照祕史字音應作佮兀里耶即元史之照烈祕史此氏族所出異八子布端察兒朵黑闌其後爲朵黑剌特氏十三翼之戰與有力焉此處未言後人氏族據氏族考補入祕史納臣之後有朵豁剌歹氏或即此餘兒十三翼戰事注　九子乞歹台斡赤斤後爲亦速特氏西域史於別速氏皆作亦速祕史別速氏所出與異氏族考又作臧兀台與乞歹台字音異　凡托邁乃之後皆附從成吉思汗間有離者後亦來服哈不勒汗爲成吉思汗三世祖蒙兀稱伊侖赤格其後人氏族復有乞要特之稱長子烏勤巴兒哈合烏勤爲女子之稱以貌美故人以是稱之武備志韃靼方言女曰穪琴郎烏勤　其子莎兒哈禿月兒

克其孫薛徹別乞是爲乞要特月兒斤氏史表窠斤八剌哈哈其子孫爲岳里斤祕史斡勤巴兒哈合其後爲主兒乞西人譯乞字每訛克後亦作月兒乞月兒乞主兒乞岳里斤月兒斤主兒斤實一氏也親征錄亦作月兒斤祕史先作忽禿黑禿主兒乞係誤詳卷一注次把兒壇把阿禿兒從祕史字音今奧國之馬加部實是東方族類卽元史之馬札兒其人稱巴圖爾音如把阿禿兒足見祕史譯字必非率爾操觚三忽禿黑禿蒙古兒有子名泰出祕史薛徹別姬泰出同父此異表作忽都魯咩聶兒四合丹把阿禿兒表合丹八都兒祕史合荅安五忽都剌哈汗長子拙赤罕率部下千人從成吉思汗次子阿勒壇叛附汪罕本紀忽都剌表忽魯剌罕祕史忽圖剌合罕祕史尚有次子吉兒馬兀此無六徒丹斡赤斤表掇端斡赤斤祕史脫朵延斡惕赤斤又史表祕史皆有忽蘭而此無之哈不勒汗威望甚盛統轄蒙兀全部是時始有汗號本紀於葛不律下獨加寒字卽汗也金主聞其名召至禮遇甚優金人多詭計哈不勒汗常恐飲食中毒筵宴時每托詞沐浴而離席嘔吐食物乃復

入席衆皆驚其飲啖過人一日酒醉鼓掌歡躍捋金主鬚廷臣怒其失禮金主不怒而笑哈不勒汗惶恐謝罪金主謂小過釋不問仍厚贈遣歸金之大臣謂縱此人將爲邊患遣使要以返哈不勒汗不從辭意强横金主再遣使往哈不勒汗他往以避之使者歸遇諸途挾以入朝中道遇其諳達（好友也）賽亦桂歹告之故賽亦桂歹謂彼無好意因贈良馬俾乘間逸脱比至夜金使以索縶其足不得逸次日晝時始得間疾馳而返金使追至哈不勒汗婦蔑台火魯剌思氏居金使於自居之新帳哈不勒汗告其婦及其部衆不殺此輩我不免於難汝等不助我則我先殺汝等衆諾殺金使未幾哈不勒汗病卒哈不勒汗六子出一母母曰呼阿忽郭斡翁吉拉特氏（上文蔑台或是側室）其弟賽因特斤

遘疾聘塔塔兒巫者乞兒奇兒布圖依治之不效而卒殺巫者塔塔兒人怒以是搆兵哈不勒汗六子助母族與塔塔兒戰於貝闌色夷闊端之地合丹把阿禿兒剌塔塔兒酋木禿兒把阿禿兒中其鞍及其馬木禿兒墜騎致傷醫治一載方愈繼戰於攸剌伊拉克復戰於開爾伊拉克木禿兒究爲合丹所殺其後俺巴該娶婦於塔塔兒祕史云嫁女部人乘機報怨併烏勤巴兒哈合擒之以獻於金實是兩次省文併爲一次金人正以殺使爲愆乃製木驢釘之於驢背金設此刑以治遠人之不服者將臨刑俺巴該遣從人布勒格赤祕史卷一作巴剌合赤別速氏即此人也告金主曰汝非能以武力獲我乃藉他人之手又置我於非刑我死則合丹太石布荅忽都剌哈汗也速該把阿禿兒父子必復汝

仇金主曰汝爲此言可以告汝族衆我不畏也縱布勒格赤子以馬使歸馬不良於行過朵兒奔部請假馬不允步行歸告族衆會議復仇以忽都剌爲汗入金界敗其兵大掠而歸多桑謂忽都剌敗金金與議和而退在西厤一千一百四十七年不惟蒙古人言之華書亦載之蓋續綱目據大金國志所紀宋高宗紹興十七年金熙宗皇統七年之事綱目云蒙古益强兀朮討之連年不能克乃議和割西平河北二十七團寨與之歲遺牛羊米豆且冊其長熬羅孛極烈爲蒙輔國王不受自號大蒙古國熬羅孛極烈自稱祖元皇帝改元天興又案續綱目紹興七年亦紀金伐蒙古萬戶胡沙虎糧盡而返蒙古追襲之大敗其衆於海嶺亦出大金國志兩役相距十年據多桑言則後役也祕史於忽都剌獨稱合罕西域史亦然合罕即可汗爲帝稱自稱皇帝之說確有可徵惟忽都剌與熬羅孛極烈字音不類案金史百官志勃極烈之次有國論忽魯勃極烈熬羅孛極烈音叶當是先時金授蒙古之爵非其名綱目之言未晰改元天興一說宋孟珙疑之蓋蒙古先時不識漢字無符璽文書改元建號將安用之說見蒙達備錄蒙輔當是蒙兀之訛方輿紀要謂西平河即臚朐河以地勢度之當是也忽都剌哈汗最勇蒙兀有歌曲稱其聲音洪

大隔七嶺猶聞之力能折人爲兩截每食能盡一羊日者獨出臂鷹而獵遇朵兒奔人欺其無從者追捕之忽都刺逃馬陷於淖自馬背躍登彼岸追追者去乃拔馬於淖乘以歸家人始聞信以爲必死其婦獨不謂然既而果歸且曰我今出獵而徒手以歸無以對衆復入朵兒奔牧羣驅其馬以返也速該等已設筵祭奠見其無恙則大喜撤祭筵共享其婦以爲我言不謬把兒壇把阿禿兒爲成吉思汗之祖蒙兀稱額不干長妻蘇尼吉兒夫人巴兒古氏即巴兒忽長子蒙格禿乞顏祕史音同史表蒙哥睹黑顏源流孟格圖徹辰又西域史云蒙格禿班點也項間有大班點故名元史語解孟格圖痣也解同有子甚多長者曰程克索特率蒙格禿乞顏族衆以助十三翼之戰程克索特亦爲氏族名疑即祕史卷四之儆失兀惕有二子曰古赤諸延曰莫克圖把阿禿兒今此族人

大半在奇卜察克從托克托（即朮赤後王脫脫）亦有在可汗處服官者（此可汗指成宗）把兒壇次子揑坤太石太石之稱出於乞䚟（表聶昆太司源流訥袞泰實祕史揑坤太子遼史百官志大部族某部大臣之下有太師即此表作太司音叶作太子音亦近惟與儲君相混元史多作太石今從之）其長子火察兒能射遠也速該卒後火察兒仍從成吉思汗甚盡力後攻塔塔兒以違令奪其所掠遂叛附汪罕而害成吉思汗汪罕敗復入乃蠻其後伏誅故此派人無多揑坤太石有孫布袞札甫嘎特成吉思汗獲之以與察合台今其後人尚從察合台後王把兒壇三子也速該爲乞要特孛兒只斤氏也速該子大率皮色黃目睛灰色四子苔力台斡赤斤先離成吉思汗而從泰亦赤兀繼歸成吉思汗後又附汪罕最後入乃蠻後與阿勒壇火察兒同伏誅（據祕史所云似未被殺）成吉思汗以其

子荅納兒比耶及從人二百畀與哈準子伊兒乞歹今其後人仍在伊兒乞歹後王麾下史表荅里眞其子大納耶耶即此哀忒鑾譯作荅納兒亦柰與大納耶耶音益近荅力台又有後人曰布爾罕從旭烈兀至西域不能與親王並坐旭烈兀謂諸王年少當郎指旭烈兀之子布爾罕可以並坐布爾罕子庫魯克又有布拉兒赤乞要特在阿爾渾麾下張大蓋亦荅力台後人也速該爲成吉思汗父蒙兀稱父曰額赤格長妻謌倫夫人亦稱謌倫額格爲翁吉剌分族斡勒忽訥特氏謌倫之義爲雲曰夫人者乞𠍆之稱也史錄皆作太后月倫今改鄂楞與祕史訶額侖音合源流作烏格楞祕史謂奪之於蔑兒乞源流謂奪之於塔塔兒人而親征錄西域史不載意元時實付史館刪去此事或出訛傳故國史不采源流云鄂勒郭諾特氏祕史斡勒忽訥氏祕史音是翁吉剌分族詳部族考生四子無女女皆異母出長子成吉思汗次朮赤哈薩兒三哈準四帖木哥斡赤

斤又有子別勒格台異母出人異視之不與四子等（原文此下歷敘太祖四弟後系及太祖妻女今別記於後以清眉目別勒格台母名祕史不載哀忒鑾譯西域史稱其名曰塔嗒式未可憑信源流謂是原配所生恐誤又源流尚有伯克特爾祕史作別克帖兒皆謂太祖與哈薩兒殺之或是國史諱言故不載）帝生於豬年合黑蚩拉麻五百四十九年至五百六十二年又為豬年是年也速該卒（以下皆從元史稱帝省文黑蚩拉麻即天方麻西域史及他著錄無不謂太祖生於豬年死於豬年父沒亦在豬年得壽七十二歲與元史祕史親征錄不同文繁別為考附後據此則太祖生於紹興二十五年乙亥十三歲烈祖崩為孝宗乾道三年丁亥也祕史源流皆謂烈祖為塔塔兒毒死親征錄西域史不載當是國史諱言）先時蒙兀不諳厤算故帝誕生月日無知之者惟今可汗（指成宗）暨近戚大臣皆知帝壽足七十二歲未足七十三歲而崩亦豬年在秋月中甫過望日以此推之亦當生於年中當豬年時也速該戰敗塔塔兒獲其二酋曰帖木眞兀格曰庫魯不花（親征錄帖木眞斡怯）

忽魯不花祕史帖木真兀格豁里不花回軍駐於迭溫布兒荅克之地親征錄跌里溫盤陀
山祕史迭里溫孛勒荅黑山祕史音是西人譯黑字音每重讀成克華書謂山名西域史謂地名或此處以山名爲地名也俄
羅斯人訪查其地在斡難河右岸今地名猶如故在烏克阿拉耳河洲之上十四華里適謂倫額格生子
手握凝血色如肝而堅面目有光因名曰帖木眞以志武功也
速該轄尼倫各族咸畏服之然同族有隱忌者蒙兀俗諺謂族
人如蠍語有由也故其卒後事變卽生帝自幼年至四十一歲
疊遭危難國史敘述甚略復不依時序紀事至四十一歲始循
編年之例故早年事迹不能甚詳今自也速該卒之豬年起至
虎年止宋光宗紹熙五年甲寅凡二十八年據國史紀事如下帝十三歲
遭父喪居於斡難克魯倫兩河間地時主泰亦赤兀部者塔兒
忽台哈剌兒禿克忽力兒把阿禿兒錄作忽憐拔都族衆盛强欺帝之

幼而他族亦多叛從泰亦赤兀帝族人最年長者曰脫端火兒眞史錄脫端火兒眞祕史作脫朵延吉兒帖下三字音未確史錄皆謂近侍祕史蒙文列入泰亦赤兀族内當以史錄之言爲是亦將叛去帝哀留之不從荅以蒙兀俗語詞意決絕不顧而去卽所謂水已涸石已碎等語也諤倫額格自持禿克史錄所謂麾旗也祕史蒙文作禿黑卽禿克昔時蒙古無旗幟但繫馬尾於竿所謂旄纛是也祕史卷七蒙文禿黑解爲旄纛甚是卷二解未是丙寅太祖卽位建九斿白旗蓋是九尾西域史稱爲九腳旗率衆追叛者列陣而戰乃有多衆還歸觀元史畏荅兒傳則固有不去者非眞孑遺母子數人也祕史所言似乎太過又謂因祭祀茶飯不與口角起衅類乎野史口吻察勒哈額不干腦後中矢卽史錄之察刺海祕史作察刺合老人額不干卽老人之解中槍中矢說異帝視其傷察勒哈曰汝父去世而諸族叛離我力阻之以致重傷帝哭而出察勒哈創甚旋卒原注旭烈兀阿八哈時在西域者有伊爾帖木兒帝兒麻特亦禿兒等三人皆察勒哈後人是時緊接上文與史錄同其實中間相隔多年可見脫必赤顏原名東西同本札只刺

特部長札木哈色辰（錄與祕史皆作札荅蘭此仍作札只剌從其原稱也見祕史卷一元史孛禿傳亦作札赤剌歹色辰卽祕史薛禪聰明之謂）部人給古察兒居於烏拉該布拉克（祕史給察兒此多古字音史錄禿台察兒祕史斡列該不剌合地面史錄玉律哥泉祕史音叶蒙古謂泉爲布拉克祕史不剌合亦卽布拉克特未明注泉耳）與帝之牧地撒里客額兒相近（見祕史史錄謂薩里河）札剌亦兒人拙赤塔兒蔑勒牧於是地（親征錄祕史字音皆相類原注札剌亦兒人卽爲海都俘爲奴僕者）給古察兒來掠其馬拙赤塔兒蔑勒匿馬羣中佯臥俟其行近射之死札木哈以爲怨遂與泰亦赤兀合附又有亦乞剌思兀魯特那牙勤火魯剌思部皆合兵（錄作八魯剌思又錄有巴鄰此無）先是（原文此處詞意含糊似太祖被掠卽此合兵後事親征錄敘此節極明晰必無遺漏或西域史之誤或譯者之誤皆不可知而鎖兒干失剌之救太祖卽爲下文赤老溫來歸張本亦不可以不記或親征錄記於後而西域史移於前也因加先是以期與史錄相符原文無之詳述於此）帝屢阨於泰亦赤兀有一次爲掠去桎其項速兒

都思人鎖兒干失刺救之獲免詳見速兒都思部族考數年之八歷遇艱險天佑安全而部族來歸者且日衆及是札木哈與泰亦赤兀等部集兵三萬將乘不備來攻捏坤者亦乞刺思人也錄作捏羣在泰亦赤兀部下而其子孛徒從帝故其父亦歸心焉時兵在古魯之地錄云至是自曲鄰居山遣人告變祕史則謂太祖在古連勒古之地以此書較之錄爲是曲鄰居與古魯皆古連勒古之變音又以祕史爲是有巴魯刺思人木勒客脫塔黑等二人先以事來今將歸即元史孛禿傳之磨里禿禿錄之慕哥而祕史字音最合吏有孛羅勒歹此失載又誤分木勒客脫塔黑爲二人至敘事情節則較華書爲詳捏坤乘其便遣來告變踰阿刺烏特禿拉烏特兩山中僻遲而至行遲與錄同帝時在荅闌巴勒朱思之地聞警亟集所部數其衆分千八百八十八共爲十三古闌錄稱十三翼祕史蒙文稱古列額惕解爲圈子每即此古闌又庫倫義爲圈子古闌實即庫倫各處方言有異音耳昔時游牧部族

皆圍合爲一圈子酋長則居圈子之中帝軍第一翼從錄稱爲翼省文謌倫額格并其族斡勒忽闌人即斡勒忽訥之變文二翼爲帝及帝之子弟與其從人并各族之子弟照親征錄已有三翼此異三翼爲撒姆哈準之後人布拉柱把阿秃兒兒前又有客拉亦特之分族人又阿苔兒斤人將曰木忽兒忽闌又火魯剌思人將曰察魯哈此翼詳見親征錄哈準即哈初來布拉柱即奔搭出木忽兒忽闌錄作木兒忽好闌誤將忽兒二字倒置察魯哈當即察忽闌錄爲部名統考東西著述無此部名或誤以人名爲部名也惟禿不哥逸敦之名未見客亦特與哥逸敦音近恐是西域史誤以人名爲族名下文木忽兒忽闌與上文布拉柱皆阿苔兒斤人細玩親征錄文義以合此書當是奔搭出哥逸敦與木忽兒統阿苔兒斤部察忽闌統火魯剌部則說皆圓矣四翼爲蘇兒嘎圖諾延之子得林赤並其弟火力台及博歹阿特人錄之迭良即此之得林赤不苔合即博歹阿乃族名非人名惟蘇兒嘎圖與鮮明昆字音難合五六翼爲莎兒哈秃月兒乞之子薛徹別乞并其從兄弟

泰出及札剌亦兒人莎兒哈禿人原注莎兒哈禿爲身上有記號之謂乞納特月兒斤卽莎兒哈禿族內案莎兒哈禿月兒乞爲人名見上既稱月兒斤氏不應復稱莎兒哈禿親征錄有札剌兒部又有阿哈部從未見此部名或卽莎兒哈禿之訛又錄之七翼忽都徒忙納兒之子云云無可揣合案上文泰出之父爲忽禿黑禿蒙古兒與忽都徒忙納兒音類然子名仍不能揣合也七翼爲渥禿助忽都朵端乞原注乞要特人及其麾下錄之十翼爲忽蘭脫端未知卽此人否也八翼爲蒙格禿乞顏之子程克索特及其弟皆爲帝之從兄弟又巴歹兀特人酋曰翁古兒錄之七翼有蒙哥怯只兒哥上三字或卽蒙格禿乞顏而有奪文又訛史卷四乞顏種的人蒙格禿證以此書疑祕史有誤九翼爲荅里台斡赤斤及揑坤太石子火察兒族人達魯并都黑剌特努古思火兒罕撒哈夷特委神諸部出卽錄之第六翼惟增達魯人名委神部名忽都蘭當卽都黑剌而誤倒都忽二字訥古思卽努古思火魯罕卽火兒罕撒哈夷直卽撒哈夷特委神卽元史之許兀愼輟耕錄蒙古七十二種有忽神亦卽委神也十翼爲忽都剌哈汗之子拙赤汗及其從人

十一翼爲阿勒壇亦忽都剌子此二翼與錄全合十二翼爲苔忽巳阿秃兒及晃火攸特人速客特人此翼無考二族名亦無考惟祕史有速客似即此族名詳部族考祕史注十三翼爲更都赤邪烏魯克勤赤邪之後努古思人此翼可證親征錄之末翼其云韭相赤細則更都赤邪之訛也玉律二都則烏魯二部之訛也敵踰阿剌烏特秃剌烏特二山而至戰於苔闌巴勒朱思史錄作苔闌版朱思音同祕史作苔闌巴勒朱惕未字變文爲蒙古文法卷九又引此役作巴勒渚納此是淖爾名太祖與汪罕戰遁至淖爾飲水誓衆元史所謂班朱尼河是也此乃地名且多苔闌二字必非一地或祕史卷九主惕誤作渚納也哀忒蠻云苔闌爲平地之解帝軍雖寡而大勝敵衆於是兀魯特布魯特二族來服布魯特氏只此一見中西諸書俱無可考又云二族之酋亦此二名亦無考案忙兀部亦於是時歸附疑布魯爲忙兀之訛近戰地有河名林木帝令以七十鑊烹俘虜此與史錄皆謂太祖勝然則祕史謂太祖敗者誤也祕史謂札木哈煮八錄謂札木哈敗走半途烹狠夫一時安得有如許之狠供七十二竈之食恐是取譬泰亦赤兀等八而譯者誤會史官又嫌其凶慘

托諸彼軍也此事後來傳入俄羅斯故俄史亦載蒙古烹人之事亦指太祖泰亦赤兀等族既敗避而之林木中散居此語與史錄之泰赤烏地廣民衆而內無統紀相類而相異朱里耶人居地與帝近一日皆出獵遇於烏者兒哲兒們山錄有斡斡札勒馬思之野哲兒們即札勒馬惟上數字不能合音未詳孰是設圍相値朱里耶人四百以糗糧鍋帳不給已歸其半帝堅要以同宿俟次日再獵既分與飲食次日獵復驅獸向之俾其多獲朱里耶人感之私相謂曰泰亦赤兀薄待我等帖木眞與我素疏乃如是厚我眞人君之度也歸途稱頌不已其酋烏魯克把阿禿兒即錄之玉律拔都謀於別酋馬喝亦巴荅訥欲來從錄云馬兒牙荅納馬喝亦巴荅訥曰泰亦赤兀何惡於我同爲宗族何爲棄彼就此烏魯克把阿禿兒乃與圖該烏魯即史錄之圖海荅魯此書音誤又誤分爲二人自率所部來歸謂我等之來如無夫之

婦無主之馬無牧之牛羊所以然者由我舊主長母之子虐害我也貝勒津譯語不可解哀忒鑾所譯與親征錄一致今從之長母之子一語只能如此譯述若用俗語則云大太太之子故棄而來從帝曰我似熟寐汝捽我髮以覺我又托我頦以起我郎兀坐掀髯而起一語之異譯我當悉力以助汝矣然其後朱里耶人復叛去圖該烏魯爲忽敦忽兒章所殺朱里耶部自是渙散親征錄謂族人忽敦忽兒章怨塔海荅魯反側殺之元史爲泰赤烏部人所殺祕史卷五蒙文泰亦赤兀族內有豁敦斡兒長之人是爲泰亦赤兀人無疑西域史乃謂蔑兒乞人其誤顯然故刪又原文下云朱里耶酋長札木哈色辰成吉思汗留紛爲諳達案西域史誤以朱里耶與札只剌爲一部辨見部族考此處刪去而附識其誤諸族皆謂泰亦赤兀無道帖木眞衣人以己衣乘人以己馬能束其衆以撫其下皆相率欲附速兒都思人鎖兒干失刺曾脫帝於難其子赤老溫把阿禿兒原譯赤老根與亦速特人卽別速特哲別本在泰亦赤兀部長哈丹

廣雅書局栞

太石之子布荅麾下至是赤老溫來附哲別則因泰亦赤兀既敗遁山林中無所得食力乏亦降錄謂實以力窮故也卽此詳見亦速部族考及哲別傳巴鄰部長逑兒哥圖額不干史錄祕史名字大同小異并其子納牙句阿刺黑祕史納牙阿阿刺黑已擒泰亦赤兀酋阿忽朱把阿禿兒卽錄之忽阿失拔都詳親征錄注塔兒忽台哈刺兒禿克將來獻貝勒津自注地名文已不辨案祕史親征錄皆載此地名字音相類中道復縱之去惟父子來歸上云已擒葢十三翼戰後未久之事錄與祕史皆載此事祕史尤詳惟誤繫於闊亦田戰後札刺亦兒分族朵郎吉郎長朮只角兒海可爲史錄之證分族詳部族考朮只角兒海卽錄之搠只魯吉鈔罕本紀若朵郎吉若札刺兒分爲二部疑未是亦率所部至朵郎古特辛古特之地歸於帝地名無可徵考惟祕史卷四蒙文有古列勒古朵阬刺桑古兒字音有相類處或卽此地其後帝奉謣倫額格及朮赤哈薩兒斡赤斤諾延與月兒斤諸族大會於斡難河濱林木中主酒者旣行酒

於薛徹別乞母忽兒眞哈敦復行酒於其次母也別該忽兒眞兒也別該之酒不與衆同故怒以掌撻主膳者薛徹兒原文譯述不甚了了研究再三乃是怒酒之異同而非爭行酒之先後史錄謂其置一囊獨置一囊其說當是祕史爭先後之說殆非也別該祕史作額別該此作那母該必誤今改正薛徹兒與失邱兒失乞兀兒音類錄云答祕史云打此云掌撻與祕史相類薛徹兒哭而言曰也速該捏坤太石去世以致受人之辱帝母子不怒亦不言此語爲諸書所無然理應有也別勒格台時掌帝馬播魯掌薛徹別乞之馬哈荅斤人哈荅克貝爲播魯之從者哈荅克貝之名諸書所無史錄作播里祕史作不里此作播魯亦同惟云播魯爲泰亦赤兀人必誤祕史云是主兒乞氏見於卷一當是也故刪來盜馬韁原文云別勒格台掌成吉思汗赤老溫馬何以云赤老溫不可解閱祕史蒙文赤勒不兒爲馬韁之解乃恍然於赤老溫之誤不同文之書譯述之難如此別勒格台執之播魯袒護從者斫別勒格台破膞流血左右皆怒別勒格台曰我傷未甚不可由我致隙

然衆怒不可遏折樹枝互鬭勝之奪忽兒眞火里眞二哈敦〔秘史作豁里眞火兀兒臣此書作火兒眞秃侖赤一不誤一誤今依親征錄書之〕薛徹別乞等歸而絕好繼復遣人議和返二哈敦金主遣丞相攻逐塔塔兒叛酋摩勤蘇里徒〔與史錄秘史字音大同小異〕帝聞之思乘此復前仇自斡難河起師招月兒斤來助待六日不至乃率麾下迎擊至渥勒佐〔當即秘史浯勒札河之訛〕殺摩勤蘇里徒掠獲甚衆得嬰兒銀搖車及車中金繡被〔秘史大珠被錄大珠衾此微異原注當日蒙古人素所未見詫爲珍異〕金丞相獎其功授帝爲察兀特忽里〔史錄皆作察兀忽魯秘史譯文作札兀忽里蒙文則作札兀惕忽里惕字不當去詳秘史注〕同時亦授客刺亦部長脫忽魯兒爲王〔秘史客列亦音類史錄皆謂汪罕名脫里亦作脫憐秘史則作脫斡鄰勒此作脫忽魯兒雖微誤然可證秘史譯音確而且備餘詳部族考〕事定欲與月兒斤人修好餽以俘獲月兒斤殺十八人奪五十人之衣騎帝怒曰昔者

傷我別勒格台與修好而不從今又與我之敵相合而陵我引衆越沙漠至朵闌布勒荅克之地攻敗其衆辟徹別乞泰出以其妻孥遁去史錄謂帝麾下爲乃蠻所掠徵兵起衅祕史謂落後老小營被掠起衅此云餽俘起衅三說各異元史帥兵踰沙漠攻之祕史與錄無是語此獨與本紀合帝語亦與錄合朵闌布勒荅克地名詳親征錄注帝時年四十是爲甲寅虎年案完顏襄北伐見金史當卽塔塔兒之役合紀傳考之乃是丙辰年事爲甲寅後二年詳親征錄注元初無史官太祖本紀爲後來追憶著錄年分未可盡憑也是年汪罕弟札罕不及客剌亦分族董喀亦部人來歸錄與祕史更有禿別干卽土伯夷部來歸此失載此下有太祖與戰一語案錄與祕史皆謂太祖與札合敢不迎禦蔑兒乞此處原文或有奪誤故訛爲帝與札罕不戰也其下更有後仍以歸汪罕一語汪罕既來舊部必歸舊主應有之義祕史等書失載附識於此兔年爲黑嵬拉麻五百九十一年至豬年爲五百九十九年自兔年起豬年止凡九年丁卯至癸亥也

速該與汪罕交好常拯其難帝亦稱之爲父汪罕祖默兒忽斯

有二子長忽兒察忽思不亦魯黑汗次古兒罕拉施特原注此是人名非喀喇乞解之古兒汗不可誤混忽兒察忽思生數子曰脫忽魯兒即汪罕曰額兒客哈喇曰札罕不本名乞訥幼時爲唐古特所獲受封而得是稱人遂呼以爲名此節華書所無札罕不即唐書吐蕃傳之又贊博二音較諸史錄祕史諸音尤爲得眞有別子數人汪罕於父卒後殺其弟台帖木兒太石布哈帖木兒是祕史卷七蒙文太石作太子布哈作不花及同族弟兄數人錄云原文字已不辨其叔古兒罕來攻兵敗失國奔於也速該也速該逐古兒罕入合申即西夏汪罕復國以是感德約爲諳達額兒客哈喇以汪罕多殺戮宗族避之乃蠻亦難赤汗亦難赤助以兵逐汪罕歷三國錄與祕史皆謂三城而城名皆無考至哈喇乞解依於古兒汗旣聞帝益盛強乃東走途中資用乏竭僅遺五羊飲其乳餐駱駝之肉龍年行至庫思

古兒淖爾近帝居地錄云曲薛兀兒澤祕史古泄兀兒海子音皆合下文云先時汪罕與也速該曾同住是地又云汪罕至淖爾在克魯倫河這邊帝在河那邊則此淖爾似當在克魯倫河南或在西今名無考帝聞卽遣禿該卽錄之塔海祕史之塔孩蘇該卽錄之雪也孩祕史之速客該原譯誤以爲汪罕所遣今據華書改正迎致之汪罕以飢困告帝令己部振給是年秋會宴於河上原注河名字已不辨多桑謂是土拉河考諸親征錄與祕史是也錄云後秋蓋是秋後之義非謂次年秋哈剌溫乞卜察勒之地重訂父子之好地名無考哈剌溫疑是哈剌屯之誤見祕史卷五蒙文冬合兵攻月兒斤時薛徹別乞泰出等衆散居於帖列禿阿馬撒剌之地錄作帖列徒無下四字祕史音全此書上三字作塔剌因係誤據祕史改正兵至殺之蛇年親征錄作次年秋帝在霍拉思布拉思之地地名無考原文云地在克魯倫河近色棱嘎河之處親征錄則云發兵哈剌哈河率兵攻兀都亦特蔑兒乞戰於孟察之地卽莫那察山之變音大俘獲悉以餽汪罕馬年錄無年分但云其後汪罕勢漸振不謀於帝自率

所部攻蔑兒乞於不兀剌客額兒原作不竭兒客額兒下又作不克兒據祕史親征錄改正殺托克塔長子土古思別乞托克塔爲脫黑脫阿之變音史錄皆作脫脫掠忽禿黑台察勒渾二女二名一與祕史合一與錄合又獲其次子忽圖赤老溫俘虜甚多而無所遺於帝托克塔奔巴兒古眞原注在色棱嘎河那邊蒙古有巴兒古特族居是地至今地名未改案今屬俄羅斯地其名仍舊羊年錄無年但云後帝與汪罕合兵攻乃蠻乃蠻主亦難赤汗先卒二子曰太陽汗曰不亦魯黑汗太陽汗名太亦布哈受金封爵爲大王故曰大王汗蒙兀人訛爲太陽汗乃蠻有古出魯黑不亦魯黑之稱號稱義詳部族考故其弟曰不亦魯黑汗祕史稱古出古敦不亦魯黑則古出古敦當爲其名昆弟交惡分國而治得此一解始明太祖之敗乃蠻先後兩役之故多桑謂其弟轄境在北近阿爾泰山其兄轄地在南近沙漠亦當是也帝征不亦魯黑戰於乞濕泐巴失之地西域水道記噶勒札爾巴什淖爾又曰赫色勒巴什水道提綱

畏隆古河瀦爲奇薩爾巴思鄂模鄂模即淖爾畏隆古即烏隆古皆在阿爾泰山一帶祕史云起過阿勒台山追至兀隴古河又至乞濕泐巴失海子地名地形悉合史錄作黑辛八石之野當是淖爾近地亦以湖名爲名俄羅斯地圖烏隆古河所注之淖爾其北百餘里有科則勒塔斯山亦即乞濕勒巴失之音大勝其衆不亦魯黑逃於侃侃助特即元史之謙謙州詳西北地附錄釋地其將也迪土卜魯黑原譯哀迪土克魯黑微誤據祕史改正錄作也的脫孛魯西域史謂是身上七種記號之解爲突厥語先勝不亦魯克後擒前鋒與親征錄敘述如出一手率一隊爲前鋒爲帝軍困逼避走入山而馬鞍轉墜兵追及擒之是冬不亦魯黑將可克薛古撒卜剌黑祕史音同惟兀訛古史錄作曲薛吾撒八剌誤作二人拉施特謂上四字義爲瘵病之聲下四字爲名率衆至遇於拜荅剌黑巴勒赤列之地錄拜荅剌邊只兒祕史巴亦荅剌黑別勒赤列亦作赤兒此音皆類惟誤別爲巴拉施特云昔時乃蠻主娶汪古部女拜荅剌黑結婚於巴勒赤列之地蒙古遂并八名地名爲稱或僅稱拜荅剌黑始交而日已暮各於戰地駐營待明日戰汪罕多燃火於營而潛移其衆他徙

謂移營於貝亨郭闊蘇山錄與祕史皆謂移於哈剌泄兀勒河恐譯文有誤札木哈從帝軍語與祕史異與錄同天曉時望汪罕旗幟而馳至此語惟錄有之而錄尤明晰謂之曰汝知我族人如寒暑異棲之鳥乎將他適矣我如白翎久棲不去我先曾告汝也汪罕麾下宿將兀卜赤兒古鄰巴阿禿兒祕史作兀卜赤黑台下同史錄作古憐拉施特云上四字爲一種紅果名婦女閒而取以醋面古鄰面赤故以是稱之帝亦曾用此果染面斥之曰既爲宗族又爲諳達如此謂之奚可哉然汪罕信其言引去於是托克塔之二子忽圖赤剌溫乘機叛去而歸合於父帝見汪罕不謀而去因曰我今在火坑中而汪罕棄我祕史有做燒飯般撒了一語此云火坑殆由於此亦退至撒里客額兒汪罕至塔塔兒土霍勒之地錄云上兀剌河此異恐誤伊勒哈鮮昆札罕不同至也迭兒阿爾泰之地其地有河多林木錄作也迭兒按台河祕史亦有額垤兒阿勒台而謂帝自此退軍恐祕史誤可

克薛古撒卜剌黑自後追及奪其眷屬輜重祕史有桑昆妻子錄失載又至帖列禿阿馬撒剌之地掠汪罕部民畜牧而去原文上三字亦作塔剌因與上同誤祕史此處又作帖列格禿鮮昆札罕不奔告汪罕汪罕令鮮昆追敵又令人乞援於帝曰乃蠻俘掠我衆我子能以四良將助我乎帝即遣博爾朮諾延木訶里國王木華黎封王在後而此處已稱國王可見脫必赤顏原本如是祕史作木合里此作訶字音可見史稱木華黎音未甚合孛兒忽勒諾延即博爾忽赤老溫把阿禿兒往援未至而鮮昆已敗績其將的斤火里句亦土兒干約塔黑被殺此足證親征錄詳見錄注鮮昆馬傷幾被擒而四將至當博爾朮來時乞帝良馬曰赤乞布拉帝允之且戒曰是不可鞭如欲速行但以鞭擦其鬣比至見鮮昆失馬亟以已騎與乘而自乘帝馬屢鞭之不進忽憶帝戒揚鞭擦鬣即疾駛如電既敗乃蠻盡返

所奪以歸汪罕。汪罕大悅，使告帝曰：曩者衣食之絶，而我子帖木眞拯之，飽我之餒，衣我之裸，今又亟我之難，若此我不知何以爲報（純與親征錄同）。又召博爾朮往，時博爾朮在帝營執弓守衛，以弓付人而自往謁汪罕，餽以衣一襲、金樽十（原稱們忽兒，原注們忽兒爲器具名，較酒盃爲大）。博爾朮受之歸，見帝以離職守自請罪，帝獎其勞，令受餽（此節所記多爲華書所無）。是冬，聞托克塔復出巴兒古眞，將謀爲變，帝與弟朮赤哈薩兒共議，恐非實信，且料其無能爲，姑置之（錄有不魯告崖地名，未見。親征錄謂上率兵復討脫脫，後上與弟哈撒兒討乃蠻，至忽蘭蓋側山，大敗之，於是乃蠻勢弱等語，元史語同。案此後大陽汗之戰，實是大敵，不得云弱，或此役爲不亦魯黑也。然西域史全無是事，卻亦見哈薩兒之名。祕史於帝討平諸部之事敘次多訛，亦無可考）。猴年春（庚申年。楊鐵崖正統辨謂是太祖建國之年），帝與汪罕會於撒里客額兒。時托克塔已遣忽敦忽兒章（此處亦誤爲其弟，誤分爲二人）糾合泰亦赤兀酋盎庫兀庫楚忽里兒把阿禿兒忽都荅兒塔兒忽台哈剌兒禿克等共會於斡難河沙漠中帝與汪罕兵至敗之追及於恩古特禿剌思之地錄作月良禿剌思竊意本名必是烏良兀特禿剌思譯音皆未全也殺塔兒忽台忽都荅兒較錄少二人名盎庫兀庫楚忽敦忽兒章逃入巴兒古眞忽里兒逃乃巒泰亦赤兀至是始滅哈荅斤撒兒助特二部本與帝不協附於泰亦赤兀拉施特云帝與札木哈先曾遣使勸以歸附語意甚奧大致謂蒙古不同族者已皆來附況爲同族二部不從撻使者面逐之至是益畏懼既聞泰亦赤兀滅亡益不自安乃與朶兒奔塔塔兒翁吉剌特等部會於阿雷布拉克即錄之阿雷泉貝勒津漏譯據哀忒巒書增入殺牛一羊一馬一而爲誓誓語甚贅不錄將潛兵來攻翁吉剌特部特因色辰爲按陳諾延之父遣使告變帝與汪罕自虎敦淖爾起師至捕魚兒淖爾特因色辰來合與諸部數戰

卒大勝虎敦淖爾即史錄之虎圖澤云近斡難河無考然必在西捕魚兒淖爾即錄之盃亦烈川即今之貝爾淖爾在東自此帝駐於東以後戰事皆在東方可以考地是冬汪罕自克魯倫河往忽八海牙部衆隨之其弟札罕不與汪罕將阿勒屯阿速克史錄按敦阿述此與祕史音叶伊勒忽禿兒史錄燕火脫兒祕史額勒忽禿兒伊兒晃火兒史錄延晃火兒忽勒巴爾元史祕史忽勒巴里錄渾八力謀曰吾兒汪罕心性無恆多殺害骨肉迫而投哈剌乞斛我輩其可久依之乎阿勒屯阿速克泄其言汪罕執伊勒忽禿兒伊兒晃火兒縛至帳下汪罕責伊勒忽禿兒曰執二人而責一人與親征錄同吾等自唐古特來中途作何語而遽背之乎我不與汝等同也唾其面帳中人亦共唾之阿勒屯阿速克曰我惟不願棄故主故泄此謀原文譯述略異不得其故幸有親征錄可以意揣而譯之札罕不與伊勒忽禿兒伊兒晃火兒納鄰太石原文更有納鄰脫忽魯兒同奔諸書無徵附誌

於此皆奔乃蠻先遣人告太陽汗曰阿勒屯阿速克讒於吾兒汪罕故我等來奔願盡心力以事新主乃蠻受之此數語諸書未見是冬汪罕駐忽八海与帝駐乞觧界上察哈察兒即史錄之徹徹兒山案蒙古稱花音如徹徹猶云花山地近金界可以考地率兵攻蔑兒乞酋阿剌兀都兒泰亦赤兀酋哈罕太石塔塔兒二酋察忽兒句開兒伯克哀忒蠻譯作開兒伯克兒案上三人足證親征錄惟末一人名大異又錄皆謂塔塔兒部長此乃有蔑兒乞泰亦赤兀必誤部族考可互證是時四酋聚合一處阿剌兀都兒爲之長帝與戰於荅闌捏木兒格思敗之朮赤哈薩兒未與斯役聞哲別言錄哲不哥蓋即祕史之者卜客此作哲別誤翁吉剌部畔去不告於帝自率所部往攻帝聞而責之翁吉剌以無端被兵爲怨遂合於札木哈雞年翁吉剌特亦乞剌思火魯剌思朶兒奔塔塔兒哈荅斤撒兒助特諸部會於刊河祕史音同

史錄作犍河案今俄羅斯地圖額爾古訥河東有支水曰旱河在呼倫淖爾東北約三百里水道提綱云克魯倫河又折正北流有振河自東南合活輪河等五水西北流來會內府輿圖作根河根也振也旱也犍也刊也皆譯音之異祕史云順額兒古捏河至於刊沐漣必卽此河札木哈舊居額兒古捏河見議立祕史而諸部皆在額兒古捏之南北行與合故曰順也

札木哈爲古兒汗蒙古語古兒普也猶云統轄之汗西遼之古兒汗義同自此至禿拉河多桑謂巴兒渚納淖爾之北有禿拉河當卽此河然史錄作禿律別兒河字音未全協不可為據舉足踢河岸揮刀斬林木而爲誓曰孰洩此謀如顛士如斷木遂潛師而來有火力台者聞其謀以語其妻舅火魯剌思人麥兒吉台麥兒吉台謂宜遠往告變予以剪耳之白馬錄云蒼驢白馬夜經一古闌所謂圈子是也其將曰忽蘭把阿禿兒貝勒津云槐因人泰亦赤兀部內案槐因爲樹林所謂林木中百姓泰亦赤兀敗亡餘衆散居樹林故有是稱其警夜之將曰哈剌蔑兒乞歹亦云是火魯剌思人恐訛有兒而執之然是人亦心附於帝贈以己之黑馬錄云獺色馬謂

乘此庶可以脫追者火力台又行遇別隊載札木哈白帳者欲執之疾馳得脫至帝處發其謀帝卽起師迎戰於亦提火兒罕之地大破其衆札木哈遁翁吉剌部來降此節足證親征錄惟少塔海哈溂謀於抄吾兒一節麥兒吉台或卽錄之也速該或是召烈台抄兀兒上三字之訛錄云家人火力台此亦似誤亦提火兒罕卽海剌兒帖尼火魯罕而奪上三字音地在刊河之南海剌兒正河名帖尼支河名火魯罕蒙古語謂小河詳親征錄注多桑謂元史作哈里雅爾台和囉噶之地與拉施特語大異多桑蓋但見元史改本未見原本也此役無汪罕蓋不及納會祕史牽併紀之種種錯誤而告變之人僅舉一火力台則與此同又雞兒年三字可爲引據貝勒津譯述此節不甚明晰兼采多桑哀式鑾所譯

犬年壬戌史錄自此始有紀年帝自兀魯回失魯楚兒只特河史錄兀魯回失連眞祕史卷五兀勒灰河失魯格勒只惕地面此皆云河與史錄同字數與祕史合案帝自庚申年駐東未返舊居則此河亦當在東水道提綱蘆河土名烏爾虎河源出索岳爾濟山曲曲而西南三百里許經烏朱穆秦左翼東六十里折而西流合色野爾濟河南合音札哈河賀爾洪河入右翼界至克勒河朔之地涸蒙古游牧記烏珠穆沁左翼牧地當索岳爾濟山西有鄂爾虎河繞

廣雅書局栞

其游牧匯於和里圖淖爾張穆又案方略作吴兒會亦作烏爾會又作吴爾揮圖作吴兒灰今考兀魯回河即此色野爾濟即索岳爾濟山名亦河名急讀色野爾濟即成失連眞故史錄皆爲河名失魯楚兒只即索岳爾濟之訛祕史謂地名又中有格字音不能相合俄羅斯地圖兀魯回變音爲烏拉圭色野爾濟作蘇攸勒奇兩河會而爲淖爾與游牧記合與提綱不合内府輿圖作烏爾揮河形與俄圖略同提綱所云不盡符合惟亦無匯入之淖爾又虞集句容郡王世勳碑也只里王爲叛王火魯哈孫所攻王從成宗移師援之敗諸兀魯灰還至哈剌溫山夜渡貴列河敗叛王哈丹之軍盡得遼左諸部兀魯灰即此河與哈剌溫山相近與遼東亦近率師攻察罕塔塔兒案赤塔塔兒二部拉施特謂塔塔兒共六部詳部族考禁止臨陣掠物俟事畢均分阿勒壇火察兒荅力台斡赤斤違令帝令虎必來哲別奪其所掠以分於衆三人由是懷恨思畔是年秋乃蠻酋不亦魯黑汗蔑兒乞酋托克塔別乞錄於此處亦稱脫脫別吉撒兒助特酋阿忽出把阿禿兒衞剌特酋忽都哈別乞暨朵兒奔哈荅斤諸部大合衆來攻帝與汪罕先遣人於

貴赤即揑干貴固都撒克徹兒即撒兒赤兒海即赤忽兒黑三地詳見錄注乘高瞭望自與汪罕離兀魯回失魯楚兒只特河向汪古部地以行近哈剌溫赤敦當即史之阿蘭塞是山近金東北界見前後注汪罕子鮮昆在邊外從而後行及山隘踰隘即汪古部界而不亦魯黑已至見鮮昆軍謂其下曰此衆可聚而殲也遣阿忽出把阿秃兒此處又云是哈荅斤人哀忒蠻則謂率哈荅斤人及托克塔別乞之弟忽都拉施特謂托克塔子忽都弟亦曰忽都爲前鋒猶未戰而鮮昆軍已過山隘至汪古部地乃蠻等軍從之以巫術致風雪云以石子置水中則雨雪案方觀承松漠草詩注云蒙古西域祈雨以楂達石浸水中呪之輒驗楂達生駝羊腹中圓者如卵扁者如虎脛在腎似鸚鵡嘴者良色有黃白駝羊有此則漸羸瘠生剖得者尤靈然風反吹雨雪敵不能進遂自山隘退回行至奎騰之地即闊亦田之異文案元史語解曰奎騰冷也是地本寒又遇雨雪故皆僵凍合祕史觀之此役敵兵未戰而潰史錄謂大戰於闕奕壇恐非是也蒙古游牧記

蘇尼特左翼旗東北四十里有士馬僵凍紛墜山澗不復能成寒山蒙古名奎騰似卽是地

列札木哈率衆來應見事敗卽退掠諸部之先立已爲汗者繼乃歸於帝哀忒蠻云卽掠哈答斤等部乘敗劫奪說亦中情札木哈應歸於汪罕而此云帝可疑以上所紀皆可證明史錄雖情節間有不詳而考地之功則發華書所未發**帝與汪罕同駐阿剌兒之地冬帝駐阿兒卻宏哥兒之地**原書是地謂古時紛吉剌特駐冬之地冬無水以雪爲水其後呼必賚可汗敗阿里不哥於昔木兒台亦距阿兒卻宏哥兒不遠又多桑曰蒙古謂水島爲阿剌兒案元史語解阿喇勒水中島也多桑說不謬阿兒卻宏哥兒當卽錄之阿不禮闊或哥兒多桑云在沙漠中離哈喇溫赤敦不遠案元史世祖敗阿里不哥於昔木土腦兒史不詳言其地今俄羅斯地圖獨石口東北四百里多倫淖爾正北二百里有沙博爾台淖爾蒙古游牧記作西巴爾台謂是泥濼在蘇尼特右翼南六十里又右翼東南七十里有古木土鹽泊皆似卽昔木土之轉音沙博爾台東北不及百里爲達賴淖爾蒙古游牧記阿巴哈納爾右翼旗牧地有達里岡愛淖爾注云多倫正北三百五十餘里有池二處其大者名達爾諾爾周廣二百餘里中有島嶼多桑所謂阿剌兒其此地耶考之俄圖則達賴淖爾在多倫淖爾西北相距只二百餘里游牧記

云正北異里數亦異意行程迂繞非逕直也阿巴哈納爾旗西鄰爲阿巴噶旗其右翼西南百二十里有鴛鴦灤蒙古名昂吉爾圖亦見游牧記蒙古稱鴛鴦爲昂吉爾金史撫州柔遠縣下云鴛鴦灤又名昂吉灤是也今俄圖亦有此淖爾在多倫淖爾西北不及二百里翁吉剌部似由此得名然元初翁吉剌牧地在此灤之東北故云古時駐冬之地非牧地在灤旁觀秘史卷一也速該之遇翁吉剌固知在北也游牧記又云克什克騰旗西北至蘇巴爾噶闊霍果里索蒙古謂黃山曰洪果爾與闊哥兒音叶霍果里即洪果爾雖未必一地而可爲阿不禮闊闊哥兒稱名之證

帝欲爲長子朮赤求汪罕女察兀兒別乞鮮昆子禿撒哈原文作禿撒布哈多布字據秘史與錄刪之亦欲求帝女豁眞別乞而兩不諧以是交漸疏札木哈知之欲以生變謂鮮昆曰我兄諳達與君之敵人太陽汗潛通常遣使往來將不利於君阿勒壇火察兒荅力台爲之證又有圖海忽剌海原注忙兀部人木忽兒忽闌原注阿荅兒斤人亦欲協力攻帝時鮮昆別居阿拉忒之地疑即秘史之別兒客額列惕之下三字音遣撒而罕禿荅即秘史之撒亦罕脫迭額

錄之察罕脫脫干告汪罕曰鄂倫額格之子將害我等宜乘其未發也而先圖之汪罕曰札木哈之言不可信越日帝移營居地稍遠鮮昆又使人力請於父謂耳聰能聽目明能視之人確鑿言之而猶不信此何以故即祕史有口有舌之人這般說如何不可信汪罕曰彼屢有德於我我不可負我屢勸汝而汝不從我年老矣但思安我骸骨聚置一處錄云垂老遺骸冀得安寢彼文而此質也汝欲爲汝善爲之冀天佑汝汝可禱祀以求也言畢甚以爲憂鮮昆陰遣人燒帝牧地之草可證史錄猪年鮮昆與諸人謀僞許婚遣烏黑台昆察特邀帝赴宴錄云不花台乞察此微異原書云乃蠻人稱之曰布哈烏拉蒙古稱之爲昆察特哀忒蠻譯作海察特與乞察略近惟贅增一人不可從帝即往從二人當是十人路逕蒙力克額赤格之居宿其帳中蒙力克謂不可往宜以馬疲道遠爲詞遣使代往帝從之即自歸

汪罕父子謀不成欲乘不備掩襲汪罕之臣哀客扯闌即也客扯連錄作也可察合闌歸告其妻阿剌黑因特且曰此時如有人往告不知帖木眞若何酬之矣其妻戒以愼言毋使人聞以爲實阿剌黑因特見祕史亦誤作因錄云其子亦剌罕必是其妻阿剌黑而誤其子亦剌罕蒙文回文亦阿二字常互誤適牧人乞失力克原誤乞爲庫送馬湩至帳外聞是語以告其侶巴歹巴歹往覘則哀克扯闌子巴鄰苦延當如祕史作納鄰客延在帳外礪箭鏃聞父母之語而曰汝等自泄機密事乃欲人爲瘖啞乎巴歹告乞失力克曰信矣卽乘夜來告原注今有貨勒自彌荅剌罕土蠻荅剌汗薩塔克荅剌罕皆此二人之後裔帝亟移營向失魯埿兒只特山路以去上文作河名此爲山名則仍是色野爾濟之訛分軍於卯溫都爾山後瞭望汪罕兵自卯溫都爾之路觀祕史則汪罕兵在山前行故瞭望者無所見至紅柳林中蒙兀稱烏闌不兒罕當如祕史作忽剌安不剌合惕

明茅元儀武備志韃靼方言紅曰伏刺案柳曰補兒哈可證錄作忽刺河卜魯哈音近惟稱二山係誤蒙古游牧記克什克騰旗西南四十三里有漠海恩都爾山案克什克騰牧地當潢河之源蒙古曰西喇木倫所謂西遼河是也在色野爾齊山西南與上文諸地近合漠海合音如卯祕史蒙文亦作卯危義謂不好溫都爾謂高伊兒吉歹之從者泰出欽黑歹句与都兒正牧馬伊兒吉歹祕史作阿勒赤歹哈準子帝姪伊阿二音互誤蒙回文同祕史作赤吉歹牙的兒錄作泰出也迭兒以此較之則祕史奪泰字音錄奪吉歹音原譯欽黑歹誤屬下一八名今改正見敵至亟馳告帝時駐哈蘭真額列特祕史作合剌合勒只惕額列惕上五字合音為哈蘭真下三字為抄陀之解錄作合蘭只甚叶惟史錄皆移於後祕史敘此戰甚分明日出時倉卒備戰事錄所謂日銜山也慮衆寡不敵謀於諸將烏魯特將朮赤台以鞭擦馬鬣而無言忙兀特將忽亦兒苔兒奮然請先進謂當出敵之背樹我幟於奎騰之山不幸陣沒有三子在惟我主憐之不意元史畏苔兒傳乃得此左證祕史敘戰事雖亦有朮赤台傳爲證而未盡確也諸將亦奮謂雖衆寡不敵或得

邀天祐忽亦兒荅兒爲前鋒先敗只兒斤部爲汪罕部下最勇卒繼敗鄂里失列門太石爲汪罕大將攻至中軍鮮昆奮勇來戰矢傷其面汪罕乃斂兵罷戰此役爲帝一生有名戰事蒙兀人至今稱道之哈蘭真額列特地近乞鯓國界此數語當是拉施特自注然汪罕軍勢仍盛帝見不敵亟引退退後部衆渙散帝乃避往巴兒渚納是地有數小河而是時水涸流濁僅可飲渾水帝慷慨酌水與從者誓當日從者無多稱之曰巴兒渚特延賞及後世焉史錄言班朱尼河飲水誓衆在還遣使後秘史同此在戰後獨異然觀札八兒傳似戰後即至此矣秘史稱爲海子考之俄圖幹難河北俄羅斯界內有巴兒渚納泊俄音似巴勒赤諾泊北有河曰圖拉入音果達河就俄圖觀之河泊不相連屬或水漲時通入於河或近地尚有小河而圖未載故史錄以爲河名俄人游歷至此謂其地多林木宜駐夏可避兵蒙古人向指是地爲成吉思汗避難處也巴兒渚納爲淖爾名秘史獨是既而渙散將士漸來遇帝至鄂爾

河原書謂河在哈兒達克哈特地界爲禿格察爾後王部地案西域史之禿格察爾即世祖朝之塔察爾爲斡赤斤大王之後分地在客魯倫河東下云沿哈勒哈河溯上流行則是自西北向東南巴兒諸納正在西北行程可按而知哈勒哈河今日喀爾喀入捕魚兒淖爾今日貝爾淖爾所謂鄂爾河必近哈勒哈河必在西北案俄羅斯地圖捕魚兒淖爾與枯倫淖爾一水相通曰烏爾順河或即此鄂爾奪順字音又烏爾順河東北支流曰鄂爾渾河惟俄圖有之水道提綱及內府輿圖皆不載或即此鄂爾而奪渾字音揣測求合當不外是數其衆得四千六百人分兩隊沿哈勒哈河兩岸溯上流以行每隊二千三百人帝自率一隊彼岸之隊爲烏魯忙兀等衆與親征錄悉合行及翁吉剌特分部之酋帖兒格阿蔑勒駐地秘史音叶錄作帖木哥阿蠻秘史此卷及卷五皆作兩人錄似一人此書亦一人又別見於部族考帝遣使謂之曰我等本爲諳達當云姻親今如相從則情好如舊不則以兵相見於是帖兒格阿蔑勒來附帝遂駐於董嘎淖爾脫兒哈火魯罕是地有湖有河水草茂美因以休息士馬遣阿兒

海者溫謂汪罕曰阿兒海者溫爲一人與祕史異詳部族考我今駐董格淖爾脫兒哈火魯罕水草皆足矣父汪罕昔汝叔古兒罕責汝謂我兄忽兒察忽思不亦魯黑汗之位不我與而汝自據之汝又殺塔帖木兒太石不花帖木兒二弟古兒罕乃逐汝至哈剌溫哈卜察哈卜察義爲猛隘汝僅遺數人相從當是百人斯時救汝者何人乃我父也泰亦赤兀之兀都兒富延貝勒律譯兀都兒諾延哀武蠻譯都兒富延祕史作忽難而人名未全錄作兀都兒吾難卽兀都兒富延互較而訂正之八哈只二人則率兵無多祕史全誤汝往哈剌不花卽錄之阿剌不花下有又往某處注云原文字已不辨又往土拉壇禿朗古特卽錄之禿烈壇禿靈古後至哈卜察爾卽阿不札而至古蘇兒淖爾卽曲笑兒澤以遇汝叔古兒罕其時古兒罕在忽兒奔塔剌速特錄有塔剌速祕史作忽兒班帖列速惕字音全備勢敗而遁僅餘二三十人自此入合申不復返我父

奪古兒罕之國以復於汝由是結爲諳達我遂尊汝爲父此有德於汝者一也再者父汪罕汝避居於日入之地隱沒於中西遼在西故云汝弟札罕不在察富古特之地云是乞䚡地卽錄所云漢塞也我舉帽招之大聲呼之以致彼來彼欲來而蔑兒乞迫之使不得來我合我兄弟自蔑兒乞中救之始得從察富古特之地以來乃救彼之人旋爲彼殺之人則我又以汝故而殺我兄弟二人此爲誰薛徹別乞我兄泰出勒我弟此有德於汝者二也多桑哀忒蠻譯謂薛徹泰出往救與元史同貝勒津所譯有費解語而二人往救之意渾合言中入後數語則爲親征錄獨得之證用知史錄立言各異而有本則同泰出之名此處獨增尾音尤爲錄中魯字確證合三人譯本以史錄疏通之或無大謬然上文記事與帝此言不能處處吻合也再者父汪罕汝如雲中日影緩緩而升如火燄緩緩而騰以來就我我不及半日而使汝得食不及一月而使汝得衣

人問此何以故汝宜告之曰在木里察克速兒哀忒鑾譯此名與祕史木魯徹薛兀勒最叶惟增克字卽史錄木那察之役大掠蔑兒乞之輜重牧羣悉以與汝故不及半日而饑者飽不及一月而祼者衣此有德於汝者三也曩者蔑兒乞在不兀剌客額兒原譯音誤詳前我使人往覘托克塔虛實汝知有機可乘不告於我而自進兵虜忽秃黑台哈敦察勒渾哈敦並其子忽圖赤老溫取其奧魯思原書皆以忽圖爲弟見前注奧魯思解爲國亦爲部落產業而無絲毫遺我汝後與我其攻乃蠻在拜荅剌黑別勒赤兒之地此處別字音不誤忽圖赤老溫率其部衆離汝而去可克薛古撒卜剌黑遂掠汝之奧魯思我令博爾朮木訶里孛兒忽勒赤老溫盡奪之歸以致於汝此有德於汝者四也昔者我等在哈剌河濱與忽剌安必兒荅禿兀特相近之阜兒格兒痕山

錄云哈刺哈山谷此云哈刺河微異以下皆可考明錄地詳親征錄注彼此明約如有毒与之蛇在我二人中經過我二人必不爲所中傷必以脣舌互相剖訴未剖訴之先不可遠離今有人於我二人搆讒汝並未詢察而卽離我何也再者父汪罕我如鷙鳥自赤兒古山飛越捕魚兒淖爾卽錄之赤兒黑山盃而澤案赤忽兒忽山近捕魚兒淖爾當卽此山祕史卷一也速該遇德薛禪亦在赤忽兒古是知譯忽譯古皆無不可皆非定音擒灰色藍色足之鶴以致於汝此鶴爲誰朵兒奔塔塔兒諸人是也我又如藍色之鷹恐是海東青之誤譯越古闊淖爾必是枯倫淖爾之誤擒藍色足之鶴以致於汝此鶴爲誰哈荅斤撒兒助特翁吉剌特諸人是也據此則親征錄譯述未全錄作鴿此言鶴案正字通鴿大如鶴青蒼色亦有灰色者長頸高腳頂無丹而頰紅又正韻鴿水鳥也以其如鶴故西書譯爲鶴以其爲水鳥故於此二湖擒之亦可見此數部皆在此兩淖爾左近今汝乃仗彼以驚畏我乎此有德於汝者五也父

汪罕汝之所以遇我者何一可如我之遇汝汝何爲恐懼我乎汝何爲不自安乎汝何不使汝子汝婦得甯寢乎我爲汝子曾未嫌所得之少而更欲其多者嫌所得之惡而更欲其美者此二語見祕史蒙文錄亦述之而意似誤會譬如車有二輪去其一則牛不能行遺車於道則車中之物將爲盜有係車於牛則牛困守於此將至餓斃強欲其行而鞭箠之牛亦惟破額折項跳躍力盡而已以我二人方之我非車之一輪乎凡此皆帝之言所以諭汪罕也直與親征錄如出一手又使謂阿勒壇火察兒曰汝二人疾惡我將仍留我地上乎抑埋我地下乎我嘗告把兒壇把阿禿兒之子案把兒壇四子時則荅力台尚在蓋隱指之祕史亦作把兒壇惟稱其子薛徹泰出世系大誤史錄作八兒合亦誤及薛徹別乞泰出二人及字斷不可少斡難河地詎可無主我勸其爲主而不從我

因汝火察兒爲捏坤太石之子勸汝爲主而亦不從又因汝阿勒壇爲忽都剌哈汗之子勸汝爲主而又不從汝等必以讓我我由汝等推戴故思保祖宗之土地守先世之風俗不使廢墜我既爲主（此與錄語略異）則我之心必以俘掠之營帳牛馬男女丁口悉分於汝汝郊原之獸合圍之以與汝山藪之獸驅迫之以向汝也今汝乃棄我而從汪罕三河之地我祖實興慎毋令他人居之（此處譯語不明依錄書之）又使告脫忽魯兒曰汝祖爲我祖俘爲奴僕故我稱汝爲弟汝父之祖塔塔（原譯音似禿克禿圖與錄之塔塔爲近祕史作斡黑苔不合矣故舍祕史而從錄）爲扯勒黑領昆都邁乃所虜塔塔生雪也哥（原譯賽克布兒錄作雪也哥卽賽克二字音祕史作速別該則是賽克布之對音）雪也哥生闊闊出黑兒思安（原譯闊闊出希兒思奪安字祕史作闊闊出乞兒撒安變思爲撒）闊闊出黑兒思安生也該晃脫

合兒此從祕史錄有訛字原譯哀克宏脫合兒也該晃脫合兒生汝汝思得我之基業阿勒壇火察兒必不汝與也在昔汪罕所飲之靑鍾馬乳我以起早亦得飲之汝輩殆由是妒我我今去矣汝輩恣飲之量汝能飲幾何也原譯不明依錄著之祕史謂是告札木哈恐誤又謂阿勒壇火察兒曰汝二人今從我父汪罕毋有始無終使人議汝向日所爲皆札兀特忽里之力也此處語意以祕史爲是今如有人以我故而痛我將來亦必有人以汝故而痛汝縱今歲不及汝汝等明冬將及汝等矣又告汪罕曰請遣阿勒屯阿速黑忽勒巴爾二人爲使或一人來昔者戰時木訶里把阿禿兒錄云忙納兒未知孰是失銀鞍轡黑馬請以歸我鮮昆諳達當遣必勒格別乞脫端二人來或一人札木哈諳達哈赤溫見祕史蒙文作合赤溫別乞阿赤黑失侖阿剌不花帶原譯無此

人汪罕部族考中有之以阿剌不花爲一人帶兒爲一人未知確否今依錄作一人又札木哈之下有朱剌人名無考比譯部族考乃悟卽也客扯闊然錄未載故刪阿勒壇火察兒亦各遣二人否則遣一人使人之來可以在捕魚兒淖爾遇我如我他適則可在哈瀲哈兒哈荅兒罕之路尋我可爲錄之哈八剌漢荅兒哈證據惟不如錄之敘次清晰使者既致各詞汪罕曰彼言誠有理誠爲受損惟我子鮮昆有以答彼鮮昆曰彼稱我爲諳達而又常詈我貝勒津注云下有托忽布特一語疑是蔑兒乞之托克塔語意難解案此見秘史雖有譯注而仍難解無惑乎西人不能譯也錄云以玩物視我亦是不得已而渾括之詞稱我父爲父而又詈我父爲好殺人之老者今日使不能遣惟有一戰我勝則併彼彼勝則併我耳卽令必勒克別乞脫端建旗鳴鼓秣馬以待帝既遣使卽率部衆往巴兒渚納此爲再至華書惟是時一至一不知何者爲得實時有亦乞剌思人孛徒爲火魯剌思人所逐敗奔來合

朮赤哈撒兒先別居於哈剌溫赤敦山山離野狐嶺遠亦見下注不為汪罕
襲掠妻子皆失途中糧絕以死獸為食此與祕史喫生牛皮筋語意相類尋至
巴兒渚納始與帝遇汪罕自哈薗真戰後駐於起特忽魯哈特
額列特此可證明史錄之誤只咸忽盧卽起特忽魯或原作只忒而訛為只咸乃有荅力台斡赤
斤阿勒壇者溫火察兒別乞此二人祗此處有者溫別乞之稱謂與錄同札木哈渾
八鄰據此則錄奪渾字蘇克該部族考又作蘇曷克卽錄之梭哥台脫忽魯兒卽脫憐圖海
忽剌海錄作塔海忽都呼特原譯忽都帖木兒而部族考則作忽都呼特蓋卽錄之忽都花也改從部族考
錄作忽都荅荅卽特之變音相與謀害汪罕事覺汪罕先捕之於是荅力台
斡赤斤渾八鄰與撒哈夷特部呼真部來歸於帝呼真原譯為宏廓依特無
考譯部族考則為呼真與錄之嫩真略近祕史卷八帝以客列亦惕汪豁真姓的人與巴歹乞失里黑又卷四蒙文溫真撒合
亦惕兩種人溫真與嫩真益叶而汪豁真亦與溫真甚叶恐同族而異文此之呼真又卽豁真之變音也阿勒壇者

溫火察兒別乞忽都呼特札木哈奔乃蠻太陽汗是年秋帝自巳爾潴納起師將自斡難河以攻汪罕哈里兀苔兒察兀兒罕本在朮赤哈薩兒麾下帝遣告汪罕僞爲哈薩兒之言曰吾兄離我今不知所在我妻子皆在王所我何歸哉我今以木葉爲帳土石爲枕望星而卧我思從父如王念我前勞許我自效卽束手來歸矣汪罕信之遣亦禿兒干盛血於牛角往與之盟錄謂煮潦器盛血三人偕行至中途帝兵亦至哈里兀苔兒望見已營恐其見而返轡馬良行駛不能追也乃下騎僞言馬蹄下有細石將扶去之而亦俛其下騎旣下遂被執獻於帝帝以付朮赤哈薩兒與秘史情節微異卽日夜兼進至徹徹兒溫都爾多桑云山在克魯倫河西土拉河東或當是也出不意攻之盡俘其衆汪罕父子僅以數人逸去行至

中路汪罕曰不應與離之人人亦不我離而我自離之今遘此厄皆一人之罪也至乃蠻界之揑坤烏孫為守界將火力速八赤句騰喀沙兒即錄之帖迪沙所殺送其首於太陽汗太陽汗責其擅殺詳見部族考鮮昆未被獲逃經亦即納城原譯阿忒克巴剌喀孫下四字即謂城阿忒克或是亦即納之訛入波魯土伯特即波黎吐蕃蒙古稱吐蕃曰土伯特今西國稱西藏曰體伯特當由蒙古而來疑即布隆吉爾故西人譯波魯也劫掠為生部人逐之逃至和闐喀什噶爾近地曰苦先古察兒喀思每為哈剌赤部主克力赤哈剌獲而殺之可證親征錄下云人謂此部主又獲其妻子獻於帝而來附是冬帝大獵於帖茂延客額兒歸駐舊居宣布札薩以令於眾札薩即號令見元史帝自庚申年起至是始返舊居史錄云龍庭文飾之詞也非地名自鼠年至馬年凡七年馬年為帝五十六歲

帝既滅汪罕乃蠻太陽汗遣使卓忽難此哀忒蠻所譯即月忽難之異文貝勒津譯忽

達延爲忽難之誤至汪古之使朵兒必塔失悉無異詞可據以定祕史之誤閻復高唐王闊里吉思碑謂帶陽罕遣使卓忽難字音相叶告於汪古部長阿剌忽思的斤忽里曰我聞有人將稱帝我知天上惟一日一月地下亦不容有兩主請汝爲我右手我將奪其弓矢原譯弓矢有誤阿剌忽思遣朵兒必塔失以斯語告於帝汪古部由此結好誠附鼠年春帝會諸將於帖木該前作帖蔑延此作帖木該原譯帖木該何下又有必丁禿勒庫珠特地名祕史蒙文帖蔑延客額里下又有禿勒勤扯兀的地名或即此訛衆謂方春馬疲俟馬肥而後可帝弟斡赤斤曰汝等安得以馬瘦爲詞我騎尚壯可用我馬汝等未聞彼之言乎彼既能攻我我卽能攻彼若敗彼可以獲大名勝負固有天定奚畏焉別勒格台曰彼欲奪汝弓矢若竟被奪骸骨將於何地安置彼恃國大馬蕃敢爲大言我但先發制人奪彼弓矢亦有何難奚畏焉帝

然之望日起師當云望日祭纛誥朝進兵哀忒蠻謂西域麻六月十五日起師歐羅巴麻則在二月十九日中西麻相差至多四十餘日至少十餘日則當爲中麻正月望日祕史四月之說甚不足憑行至乃蠻境外客勒忒該哈荅濱哈剌河哈剌河即錄之哈勒合河客勒地名見祕史此哈勒合河必非東方之哈勒哈河祕史有誤駐軍多日而敵不至不得戰秋又會將士議進兵錄語未明晰得此乃了然遣虎必來哲別二人爲前鋒皆與錄同時太陽汗已至阿勒台河與杭海山之間阿爾泰山亦有阿爾泰河惟錄與祕史皆云山而河則別名哈只兒亦遣兵爲前鋒而自與蔑兒乞酋托克塔客列亦酋阿鄰太石當即前奔乃蠻之納鄰太石惟無札罕不衛剌特酋忽都哈別乞札只剌酋札木哈及朵兒奔塔塔兒哈荅斤撒兒助等部偕進乃悟兵出之遲以待諸部之合帝軍有白馬以鞍翻墜於腹驚突而入乃蠻軍中衆皆謂其馬瘦太陽汗因謀於衆曰蒙兀之馬尚瘦我若退軍彼必尾追則馬力益乏

我再與戰可操必勝其將火力速八赤曰汝父亦難赤汗臨陣從未以人背馬尾向人汝今如是之怯何不令汝婦古兒八速來此可證錄之是祕史之非言畢含怒而出太陽汗以是奮進帝令弟哈薩兒主中軍自臨前敵指揮行陣札木哈望帝軍容嚴整謂其左右曰汝等皆藐視我語達今見其措置異於常人乎乃彎向來臨敵謂如宰小牛羊自足至項併皮革亦不存留今試視能否郎離去是日大戰至薄暮乃蠻大敗太陽汗先以重傷卧於山火力速八赤暨他將勸之起而不應火力速八赤曰今我等尚在山半不如上山徐圖再戰太陽汗聞之亦不應火力速八赤又曰汝妻古兒八速已盛妝待汝凱旋汝盍速起仍不應火力速八赤乃謂諸將曰彼如有絲毫力氣必能答語起身今已如

此我等與其視彼死不如再戰使彼視我等死遂皆下山苦戰帝欲生致之而不從皆戰死帝大奬曰麾下將士若皆如此尚何慮哉潰衆夜走納忽嶺墜死者無算朶兒奔塔塔兒哈荅斤撒兒助四部來降蔑兒乞遁去太陽汗之子古出魯克逃依其叔不亦魯黑冬再征蔑兒乞至塔兒河郎錄之迭兒惡河遇兀洼思蔑兒乞酋帶亦兒兀孫來降獻女忽蘭哈敦謂部衆無馬不能從征帝令散其衆於輜重後營每營百人以分其勢迨大軍行後其衆復叛刼略輜重仍爲帝軍所敗返所奪帶亦兒兀孫逃去帝圍蔑兒乞於台哈勒忽兒罕祕史台合勒豁兒合郎錄之泰安寨盡取麥端郎錄之麥古丹脫塔哈林當郎脫里孛斤之訛哈俺諸衆皆蔑兒乞部人哈俺無考多桑作支恆案元史牙忽都傳娶察渾滅里乞氏察渾支恆音近或卽此族祕史三種蔑兒乞之說恐不盡可憑托克塔與

其子奔不亦魯黑帶亦兒兀孫既叛逃至薛楞格河濱呼魯哈卜察築寨以居即錄之洽刺溫哈卜察義謂隘也呼魯與洽刺音異疑洽爲哈之訛帝遣孛兒忽勒諾延及赤老溫把阿秃兒之弟沈伯率右翼軍討平之皆可證錄之是祕史之非而沈伯等名則祕史爲叶牛年征合申圖力吉里城亦可云寨云極堅固數日下之毀其牆堞又往乞鄰古撒城云此城極太上之力吉里城即錄之力吉里寨此城則與錄之落思字數字音大異亦下之大俘掠兼下他城得戶口財物駝馬牛羊無數而還

元史譯文證補卷一上終

元史譯文證補卷一下

兵部左侍郎總理各國事務衙門行走加三級臣洪鈞撰

太祖本紀譯證下

虎年大會部族於斡難河建九腳白旗祕史謂九腳白旄纛最合蓋以白馬尾凡九爲旄纛非旗也卽皇帝位羣下共上尊號曰成吉思汗從闊闊出之請也闊闊出晃豁壇氏蒙力克額赤格之子好言休咎形如狂衆稱之曰帖卜騰格理成爲堅强之義吉思爲衆數亦猶哈剌乞解之稱古兒汗古兒普也古兒汗衆汗之汗也此節當非脫必察顏原有當是拉施特增入西人曾薈萃衆說以考成吉思稱名之義一曰成大也吉思最大也一曰卽天子之義別有蒙古人云卽位時有孔雀飛至振翅有聲似成吉思音故以定稱薩囊薛珍云有鳥鳴聲似成吉思鳥集方石於石中得玉印印背有龜龍形一日成吉思卽騰吉思言海也西域人志費尼之書則云曾遇蒙古人知掌故者告我昔時有闊闊出其人似有前知冬令極寒時

裸體而行大呼於途謂聞天語將畀帖木眞以天下其稱號爲成吉思別無解釋拉施特修史則有釋義其言曰成爲力量堅强吉思爲多數當汪罕滅後闊闊出即剏此論迨虎年即位以古兒汗曾爲札木哈竊號不適時即敗故廢古兒汗不稱而從闊闊出之言稱成吉思汗世或訛傳平汪罕後即稱成吉思汗然蒙古國史實載於平乃蠻後虎年即位時也案志費尼拉施特皆元時西域人仕於宗藩撰著史錄親見國史其言如是夫復何疑蒙古源流謂帝二十八歲己酉即汗位固爲讆語祕史卷四即已稱帝號成吉思亦屬妄談元史親征錄皆出於脱必察顏誠爲信史有元一代大典所關故備載其說

復起師征乃蠻餘孽時不亦魯黑獵飛鳥於兀魯黑塔山下莎酌河上兵至殺之錄有飛獵二字得此始解山名同河名合酌二音畧異多桑云山在巴勒喀什泊之北古出魯克托克塔奔也兒的石河兔年秋以合申不納貢不奉約束再征之攻下各城是役之先遣阿爾壇布剌二人即史錄案彈不兀刺使於乞兒吉思先至一部受其降繼至一部曰野牒鄂倫酋曰斡羅思亦納兒先一部部名酋名文已缺史錄與祕史所記各異今可取證於此詳部族考二部酋盛

禮款接遣二使臣曰阿里克帖木兒曰阿特黑剌黑偕來獻獵鳥色白西土無海東青故不能舉其名二使名元史無惟錄有阿忒里剌祕史二使一阿惕乞剌黑一荅兒伯下一人又似卽帝所遣之迭兒拜見下文龍年自合申班師歸舊居避暑可見龍庭並非地名爲譯者文飾之詞冬復征托克塔古出魯克前鋒遇衞剌特部其酋忽都哈別乞不能戰遂降用爲鄉導至也兒的石河殺托克塔於陣古出魯克從者無多西奔哈剌乞解古兒汗收撫之爲義子嫁以女詳見下文蛇年春畏兀兒國主亦都護聞帝威名殺哈剌乞解所遣監國大臣曰沙均卽錄之沙監將遣人納款帝聞其事先遣阿勒潑魚土克句迭兒拜使其國錄之人名可證祕史委吾二使一曰荅兒伯似卽此之迭兒拜惟非帝使亦都護厚款之令其臣博古思阿世阿忽赤句阿闌帖木兒卽錄之別吉思阿鄰帖木兒上一人名錄未全別吉思似古字之誤偕以來謁若謂聞往來人

言皇帝雄威大度能撫定百姓故棄哈剌乞解將遣使來附幷以古兒汗情形上陳不意帝使先至譬雲開見日冰泮得水意不自勝而今而後願率全部爲僕爲子竭誠效力其使之言如此當托克塔中矢死時其子忽都句赤剌溫句赤攸克句呼圖罕蔑兒根元史類編引親征錄云脫脫子火都赤剌溫馬札兒人名大異又忽都謂是弟則西域史之臆說已見上注祕史卷二九有忽都合勒之名似即呼圖罕而非忽都無從考異祇可存疑不能得父全屍惟取其首涉也兒的石河將奔畏兀兒遣哀不干爲使先往亦都護殺之與四人戰於眞河逐其衆哀不干即錄之別干眞河即嶄河詳錄注以蔑兒乞部爲帝仇遣阿兒思蘭兀喀句寮魯忽兀喀句孛拉的斤句亦納兒乞牙松赤來告戰事錄四人名未全既而二使偕帝使亦至錄云先遣四人來告以西域史語意合之似四使行在先二使行在後也帝曰亦

都護果能輸誠效力於我復遣阿勤潑魚土克二使往徵貢獻亦都護尋遣使進方物珍異馬年夏復遣使於畏兀兒時帝在軍中此與錄語微異秋又征合申帝至兀剌孩城即史之兀剌海城指揮軍事既勝合申納女而回羊年至虎年凡八年虎年帝六十四歲羊年春柯耳魯克部主阿兒思蘭汗來覲於克魯倫河即元史哈剌魯字音與元史西北地附錄之柯耳魯叶合祕史作合兒魯兀續通鑑作哈兒鹿亦都護亦至且曰帝若賜我得在僕役之列使遠近皆知我依託陛下襟帶之間語意甚難譯詳祕史注我願為第五子也帝知其意在親附因曰我以女與汝汝為我第五子是年春下令伐金先令脫忽察兒率二千人防後路原注云所謂後路蓋防客剌亦乃蠻等降衆乘大軍出而謀變也錄云出哨西邊戍秋出師自此不定乞解主兒只一面與摩泰為鄰乞解稱摩泰人曰蠻子稱主兒

只曰女直稱哈喇乞解曰乞解韃子印度語稱乞解曰秦又曰摩訶秦猶云大秦西域商人往彼或僅稱秦或稱摩秦實應稱摩訶秦案此皆拉施特增注之語可以考訂佛書支那之稱別有考帝既入金界下各城寨遂取昌桓撫等州此下城名地名皆中國字音西域人譯音已誤兼之傳鈔遺奪經西洋人重譯更覺比附無從只可就史錄所見字音尙類者著之餘槪刪棄太子朮赤察合台窩闊台取雲內東勝等州軍至西京一過而行是秋哲別取東京先至城下不攻而退金人以爲眞退懈不爲備哲別既退五百里留其輜重選精騎晝夜疾馳突至城下取之帝困撫州時金遣九斤句斡奴奴卽爲明安率大軍駐溫根達坂卽野狐嶺祕史作忽捏堅苔巴苔巴謂嶺忽揑堅謂狐原注離哈剌溫赤敦不遠原書九斤之下有朱台不知何人今刪金將巴古失句桑臣二人錄但云軍師無名謂九斤曰聞彼破撫州方縱軍大掠馬牧於野若出不意輕

兵掩襲必獲大勝九斤曰不然彼軍形勢不易遽破宜明日馬步齊進次晨兵進帝聞警軍中方餐棗飯而起以二軍拒於獾兒嘴九斤謂明安曰汝曾至蒙兀地識成吉思汗汝往彼陣問以何故犯邊彼言不遜汝即詈之明安如所戒而詈帝命縛之俟戰畢再問既而乞觧此漢軍哈剌乞觧此漢軍主兒只此金軍諸軍大敗伏尸徧野復攻胡沙於會合堡破之溫根達坂之戰金之名將精兵多盡於是役蒙兀人至今道之帝回至軍中問明安曰我與汝素無怨何以當衆辱我對曰我欲歸順恐被人疑不令我行幸九斤使我爲此言得乘此機以至帝前否則何由得至帝善其言釋之此與親征錄皆在辛未年帝取宣德州夷其城錄稱宣德府未是攻德興府其地有園亭果木釀酒極多金守以精兵不能下而

退令拖雷汗即錄之四太子也可那顏也可大也義爲大那顏拖雷有是稱見下西域史稱之爲汗蓋西域王皆拖雷後亦追王之意又西域史不曰拖雷曰圖里謂稱名之義爲鏡案元史語解圖里鏡也似元史之作拖雷爲誤今仍依元史而識其誤於此赤古古兒干古兒干即駙馬率兵再往登城毀其敵樓破之而歸歸後此城復叛屬金次年秋帝自往平之此次年應是癸酉上文遺脫猴年遂爲壬申進至懷來金大帥高琪力守此城帝與戰大敗之追至哈卜察勒義爲口隘即古北口也死亡不可勝計時金主嚴兵守隘帝選翁吉剌特二將曰哷台曰布札即怯台薄察二人駐軍哈卜察勒帝自將衆疾馳繞出第一隘曰紫荊口金主聞之遣將奧敦將兵守口勿使出隘及平地比至而帝已度隘復遣哲別往破他處臨末之口隘所謂臨末蓋居庸關也帝入紫荊口令哲別往居庸自南口攻出錄文特斷明此失載南口攻出之義自進兵與喀台布札軍合則古北口亦破矣案古北紫荊居庸皆長城隘口此古之長城在金內地

者也金築長城則更在邊外所謂塹山築寨汪古部一軍守其衝要也汪古導蒙古進兵而外險失昌桓撫等州皆不保矣至是而古北三處關隘亦盡失中都危矣親征錄敘述詳明合西域史觀之可得太祖用兵之道元史札八兒傳敘破居庸之事全屬渺茫既又令嗒台率五千騎守中都往來大路此較錄爲明晰詳錄注錄有二將此僅一人自引兵攻涿州二十日破之少易州遂分軍爲三朮赤察合台窩闊台往太行山右攻下右邊一帶城邑直至哈剌沐漣而還原譯卓魯山當即太行山城邑名訛誤者多惟懷孟等音尚合原注河自西藏發源蓋即黃河哈薩兒此帝之弟斡陳諾延拉施特原注翁吉剌人主兒赤歹原注成吉思汗幼子布札原注翁吉剌人由山之左取薊州等處而還帝與拖雷汗原注亦稱也可諾延由中路不攻東平大名惟平他處城邑而還先又遣木訶里攻密州取之帝至中都木訶里亦來會原注蒙古稱中都曰汗八里克今日大都自起兵至中都共二年羊年至猴年此誤應有三年雞年帝在中都暮春時金主與九斤

元帥等會議九斤（恐是高琪之誤）或曰彼軍已疲再與一決戰何如王京丞相曰（卽完顏福興）此非計也我軍皆自都外招至妻子皆在他處不知其心何如若敗則不能復聚勝亦各思就其妻子而去祖宗社稷之事豈可爲此孤注當熟思之今莫若遣使議和彼必退軍俟其退後再爲之計金主然之遣攸斤明安求和獻公主哈敦帝喜而退攸斤明安送帝過哈卜察勒至麻池而返（錄云福興送上至野麻池而還此云攸斤明安不知與福興是否一人也攸斤當卽上之九斤又麻池無野字）是年已四閱月（則五月矣本紀合錄不合）金主遷都南京（云在哈剌沐漣汴梁近河故也）留其子及福興（何）秦忠守中都金主行至涿州契丹兵在後行及良鄉金主疑之合繳器械衆譁殺其帥鮮衮（卽錄之素溫）自推志苔（句）比涉兒（句）阿剌兒爲帥而往北行（可較征錄）親福興丞相聞變發兵守橋勿使

北渡卽盧溝橋叛衆聯合河之彼岸塔塔兒衆千人前後夾攻大破守橋兵盡奪軍裝馬匹原注塔塔兒人居於此地服屬金主案錄言禆將塔塔兒乃人名此異或誤會也掠中都一帶牧羣驅逐守吏是事之先契丹人留哥乘亂據東京等地自立爲遼王志苔比涉兒等以中都有備不能過遣人乞降於帝時遼王亦來降並入貢帝授留哥元帥與以廣寧府令守原譯勾旺鎮撫二地細揣之卽廣甯府三字音而誤增字誤爲兩也聊舉一節以見華地之難譯金主之南遷也以秃珠大后爲宣撫錄云以招討也奴爲咸平等路宣撫復移於忽必阿蘭此無地名而人名又大異殆誤然所記之事則一事也或於金主前言其有異志秃珠大后疑懼遂來降更遣子鐵克爲質給事於御營旣而復叛自立爲東夏王原作東京據錄改正所以然者由帝攻取金地已多金主復嚴刻故衆皆離心各據地自立此數語必是拉施特增入歸潛志云宣宗喜刑法政尚威嚴此語誠非無據

是年己五閏月（史作七月錄五月皆不同）金太子棄中都而往南京帝命撒兒只兀特人撒木哈偕明安率兵至中都與契丹將志荅等合遂圍中都金主聞中都圍急糧匱遣永錫慶壽李英（永錫據金史原書首將曰忠帥三將爲從曰恭速曰康賽曰李芬此必訛誤忠帥當即慶壽見下恭速康賽或是永錫之訛）運糧械往援人負糧三斗慶壽亦自負以勵衆慶壽行涿州他將由別道（錄謂李英自負此云忠帥自負又云忠帥行至涿州也寨即錄之旋風寨則忠帥明是慶壽矣下文云他將行至興北則爲霸州之誤或青戈之誤）皆爲帝軍所獲兩路無一達者中都糧盡人自相食福興丞相服毒自盡秦忠逃往南京明安入中都遣使報捷帝時駐桓州（西人考得蒙古稱此州曰火兒敦曰八剌哈孫）命忽都忽諾延與翁古兒阿兒海哈撒兒往中都檢視府庫守藏官哈荅國和（原譯作二人曰哈柳曰惠必是哈荅國和之訛）奉獻金幣二將受之獨忽都忽不受取府庫藏物及

哈荅以來（此處譯哈荅未誤）帝問忽都忽曰哈荅曾否致餽於汝對曰有之特未敢受帝問何故曰城未破時一絲一縷皆阿勒壇汗之物今城已下則皆我君之物安敢竊取故未受帝奬其知事君之禮分所有賚之而責翁古兒阿兒海哈撒兒哈荅挈其孫尼克賽見帝而返（錄有不珍也哈荅因其見孫榮山而還二語何氏無可位置遂誤以不珍也哈荅爲西域城名而刪因其八字今可考正尼克賽卽榮山之轉音也原文此下云往宏州西坑寨城而往此語不可解案錄有通州元帥七斤率衆來降一語下卽守信安之事因悟宏州卽通州西坑寨卽七斤帥特訛誤不能改正由此亦得親征錄原文次第）金將張忽（句）張忽斤（句）衆格阿失林據守信安倚山爲險久不能下（此可考正錄中三人之名）犬年（年誤）帝在魚兒濼（原譯戈奥兒殆魚兒之誤）命撒木哈把阿禿兒率大軍由唐古特抵京兆（原譯誤作京州）自潼關破汝州等處直至南京界上之花營大掠（錄作杏花營原文又有掠灰都城而回不知何城）又自

陝州渡黃河趨西京金二將守西京曰寅荅爾曰罕撒兒撒烈即那塔忽斜烈二人錄作北京係誤出城迎降撒木哈受降而回帝又命蒙格力克之子脫命扯兒必攻眞定府原譯察罕巴刺哈孫又云乞解稱爲眞金胡城則是眞定府矣降之欲攻東平府河水爲阻不能克掠其地而還金人復取諸城鼠年遺脫亥年帝聞降將張致叛令木訶里率左翼軍往擒之平其地牛年帝旋師應是子年旋師以聞蔑兒乞人逃至乃蠻西界外原譯託克塔一弟三子名已見前集衆圖再舉其地山高路險乃命速不台把阿禿兒率軍以鐵釘密布於車輪庶行山路不易壞此可證祕史譯文之誤復令脫忽察兒以二千騎與合行至眞河此是吹河詳錄注大敗蔑兒乞盡殺其人生獲呼圖罕蔑兒根檻致於朮赤朮赤聞呼圖罕善射試之果然詳部族考遺人告帝乞貸其死帝不欲遺後患仍令

殺之托克塔後人無一得免者是歲禿馬特部酋歹都禿勒莎哈兒叛禿馬特先已降附聞帝南征遂復叛此部兵衆素强帝遣巴鄰人納牙諾延及朵兒伯諾延往討納牙以病不行帝躊躇久之乃改命孛兒忽勒孛兒忽勒問使者曰此衆人所舉乎抑上意乎使者曰上意也孛兒忽勒曰既如是我必往以我之軀易人之血妻子惟主上憐之既平禿馬特孛兒忽勒亦陣沒帝知其言又聞其死甚痛悼之以是厚撫其子告其家人勿過悲哀我必優卹（原譯以膽及臟腑等語爲譬）虎年封木訶里爲國王伐金當木訶里在金境時金人稱之爲國王帝曰此佳兆也至是遂定封號率汪古特萬人（下云又千人而無部名案錄則係火朱勒部也）兀魯特四千人亦乞刺思人二千孛徒古兒干統之忙兀特人一千木勒格哈兒

札統之即木哥漢札原注忽亦兒苔兒之子翁吉剌特人三千阿勒赤諾延統之札剌亦兒人二千木訶里之弟帶孫統之又契丹女眞之兵烏葉兒元帥禿花元帥統之原注此二部人皆新附以二將能得此衆故令其統率皆屬木訶里節制原注是時帝悉以金事付木訶里而自謀西方之事錄在寅年與此同元史紀傳則在丁丑覲下西域之事似非丑年起釁當以親征錄之寅年爲合是年哲別逐古出魯克至巴達克山撒悉靖古出魯克於龍年自別失八里至庫爾車此殆非今之庫車當是伊犁屬里黑庫爾之地殺之徐松西域水道記葉爾羌西八百里色勒庫勒即撒里黑庫爾乃蠻餘孽城華文曰固爾札歸於古兒汗至死其十一年突而吉斯單與麻費闌那喝拉天山以北西至錫爾河皆曰突厥吉斯單詳迻魯吉釋地麻費闌那喝拉義謂兩河之閒錫爾河阿母河中之地皆是先皆古兒汗屬地謨罕默德貨勒自彌沙即帝親征之西域王奉父遺命亦歲貢三萬的那於古兒汗的那金錢名旣而吞併近境國益

强大遂不納貢又攻取布哈爾令各城勿從古兒汗乃有撒馬爾干酋諤斯滿亦來合復通好於古出魯克使者往遇諸塗先是古出魯克知古兒汗無能爲東方屬部皆叛從蒙兀西域亦叛又聞其父敗殘舊部尙在藏匿思得其衆以奪國土言於古兒汗曰我離舊地已久今蒙兀爾往征乞觧乘今之時我往葉密里句哈押立克句別失八里上二地別有考別失八里見釋地招集潰卒衆必來從可藉其力以衛本國古兒汗信之旣東行乃蠻舊衆果來附遂肆劫掠復遇貨勒自彌沙之使欲共謀古兒汗即約東西夾攻西勝則西軍拓地至阿力麻里和闐喀什噶爾東勝則東軍拓地至費那克特河河名無考當在錫爾河西議旣定古出魯克即進攻八剌沙衮西域史云西遼都城之名遼史則云虎思斡耳朵古兒汗與戰敗之古出

廣雅書局栞

魯克退而集衆而貨勒自彌與撒馬爾干之兵已至塔剌思擒古兒汗之將曰塔尼古古出魯克乘機再進獲古兒汗陽爲尊崇實則篡國自立越二載古兒汗以憂恚卒此與遼史乘直魯古出獵襲執之畧異而尊爲太上皇朝夕問起居則語意相類古出魯克既得位復娶一妃勸以從佛敎妃名原文已缺由是諭令民閒奉佛不得奉謨罕默德天方敎主名暴斂橫徵每一鄉長家以一卒監蒞之自至和闐諭民改敎出示招集謨罕默德敎人辯論敎理衆皆至其爲首者曰阿拉哀丁與古出魯克往復申辯詞不屈古出魯克慚沮惱怒詈而縛之釘其手足於門衆情咸忿而無如何惟望帝軍之至帝亦聞之故遣哲別往征哲別示諭民閒各守舊敎從其先世所奉勿庸更易於是各鄉長皆殺監蒞之卒爲應古出魯克在喀什噶爾軍

未至先遁天山以北西遼故都之地若何攻取則各書皆未言及但言天山以南沿路居民皆不容納將入巴達克山而哲別追及於撒里黑庫爾山徑窄隘處殺之云是報應蓋天方教人語也案此節必是拉施特增入非國史所載哀忒蠻譯述則云古出魯克至西遼將謁古兒汗慮有變令從者僞爲已入謁自爲從官立門外適古兒汗長妃之女格兒八速自外至心異其人入而詢得其故乃延入格兒八速以女晃忽嫁之三日卽成婚晃忽時年十五勸其夫勿信天主教從佛教並以古兒汗年老好諛告其夫以趨承之道餘云云同古出魯克既於葉密爾三處收集舊衆卽至鄂斯懇奪西遼之庫藏攻八拉莎衮爲西遼所敗其時西域軍已至塔刺思擒塔尼古八拉莎衮之民聞警城守不令鄂思懇潰卒入城潰卒之帥謨罕默德太石率衆圍攻十日以象毁門而入大掠三日繼而部下復叛其帥古出魯克聞亂亟進獲古兒汗時天方歷六百八年西歷一千二百十一二年直魯古遂讓位古出魯克尊爲父仍稱爲帝而自執國事直魯古憂悶成疾越二歲卒在位三十五年古出魯克又娶西遼宰相之女甚美餘皆同謂是志費尼書中所云又撒里庫爾道上地名韋拉特尼山谷幽僻可入不可出古出魯克匿於中哲別遇牧羊人詢知蹤跡令獵者導路獲而殺之葉爾羌等處悉定爲帝虎年之事案遼史直魯古在位三十四年此多一年其云西歷一千二百十

一年爲太祖六年辛未錢詹事大昕諸史拾遺謂西遼之亡當在辛未諸家編年皆係以辛酉係誤得此可爲確證拉施特謂古兒汗以女嫁古出魯克他書有謂孫女者此乃是外孫女兎恐哀忒鑾誤譯或是長妃格兒八速而誤謂長妃之女也

年至帝崩之豕年凡九年兎年集諸子各將帥會議伐西域定軍中章程案帝伐西域實是已卯出師西游錄謂戊寅達行在明年大舉西伐耶律楚材傳亦謂已卯夏六月帝親征回回國帝駐也兒的石河應是已卯夏而西域史辰年方至也兒的石河與親征錄同由此而見脫必赤顏之敘西伐誤始龍年元史旣本之而又考知他書始於已卯據以增入於是攻取蒲華薛迷思干兩城一事兩記譯西域史乃知其病在此

龍年帝在也兒的石河駐夏以復殺商之仇遣使往告謨罕默德貨勒自彌沙秋進兵柯耳魯主阿兒思蘭畏兀兒主巴而朮阿兒忒的斤阿力麻里主雪格那克的斤皆從征秋至訛脫刺兒城令察合台窩闊台圍攻令朮赤往鄭忒因吉懇特即氈的養吉干詳西域傳令別將攻忽氈白訥克特詳下忽氈詳釋地自與拖雷攻布哈爾

撒馬爾干守訛脫剌兒將曰哈伊兒汗多桑作伊那兒只克此與本紀哈只兒只蘭禿上三字音類更有哈拉札汗率二萬眾助守哀忒蠻作哈拉赤哈只醜亦與本紀哈只兒只蘭禿音近被圍至五月城民慌亂哈拉札汗議降哈伊兒汗不從哈拉札汗乘夜出城欲遁爲我軍所獲察合台窩闊台以其不忠也誅之遂下其城哈伊兒汗率親兵三萬守城內寨堡屢出戰相持一月死亡已盡僅餘二卒猶自登屋揭瓦擲人既被獲殺之於庫克薩萊地見下朮赤先至撒格納克爲鄭忒屬城在錫爾河濱遣忽氊哈赤諭降多桑作哈三哈赤哈三爲忽氊之變音被殺下令晝夜更番迭攻屠其城以忽氊哈赤之子守之復下奧斯懇句八兒眞見本紀原譯八兒哈力忽誤攻遏失那斯城中兵眾且由盜賊入伍皆能戰然大半陣沒警至鄭忒守將庫特魯克汗夜遁過錫爾河經沙漠以往貨勒

自爾朮赤令成帖木兒（西域傳中有是人）諭降鄭忒是時城中無主衆民皆拔刃相向成帖木兒以撒格納克殺使致禍之事爲告且許不令兵入城乃得免歸告朮赤即督兵至城下樹雲梯以登驅民出城以未抗拒得不殺惟數人曾詈帝究獲殺之以阿里火者守其地（原注布哈爾人）分兵下因吉懇城（即本紀養吉干）遣烏羅斯伊的率其衆歸哈剌庫倫（烏羅斯伊的不知何人案畏兀主亦都護西書譯爲伊的護恐即是巴而朮其烏羅斯三字則訛誤也多桑謂是遣畏兀兵歸西人稱和林日哈剌庫倫）別募士人萬名台納爾統之行至中途叛亂台納爾已前行聞信馳返殺戮大半餘者逃渡阿母河阿剌黑諾延（向）速客圖（向）託海將五千人（阿剌黑見祕史元史伯顏傳祖阿剌平忽禪有功得食其地宋本丞相伯顏祖考封諡制故千夫長阿剌沈毅而勇力忠勤而小心從役忽禪奮虵牙而深入扈征蜀道裹馬革而長終忽禪即忽氈見下征蜀陣沒當是太宗時拖雷入蜀之役祕史九十五功臣有速亦客禿卷三

作雪亦客禿謂是晃豁壇的人當卽此速客圖九十五功臣又有搭孩似卽此託海攻白訥克特亦曰畢那開特守將伊勒格圖蔑里克率康里兵大戰三日至第四日城民請降分兵民工匠於三處而盡殺其兵驅民間壯丁以往忽氈守將帖木兒蔑里克分精兵千人守賽渾河中州賽渾卽錫爾河之古稱矢石不能及阿剌黑三將於忽氈訛脫剌兒四鄉擄民五萬運石於山塡河築堤以達於洲帖木兒造舟十二艘形如穹屋裹以濕氈塗泥潑醋以禦火箭每晨分兩隊迎敵然河堤漸成礮石紛集勢不支帖木兒以七十舟載輜重軍士遁去以下所譯有費解處多桑紀述甚明詳見西域補傳

帝於龍年秋末至訛脫剌兒既分遣各軍下云蛇年二月各佔許多地方復自與拖雷汗也可諾延馳襲賽兒奴克城城無考貝勒津云賽兒奴克突厥語亦蒙古語猶言吉利晨壓城下居民咸入城拒守遣丹尼世們招

降城人將困辱之丹尼世們謂我爲成吉思汗親近之人我亦木速兒蠻人即天方教詳見元代教名考西游記注特來救一城生命若抗拒則滿城流血矣降則身家皆得保全城遂降餽糧惟頭目不至帝怒始至下令勿殺掠籤壯丁爲兵名其城曰庫特魯特八力克八力克即八里見西北地附錄募熟悉路逕之突克蠻人爲導突克蠻猶言突厥同類突克即突厥變音從沙漠僻路行前鋒將塔亦兒把阿禿兒祕史九十五功臣中有荅亦兒當是至奴爾城亦招下之餽軍糧令速不台收撫其城擇六十人送城酋伊里火者至塔布瑟之地帝至城問每歲納稅若干衆謂一千五百的那金錢名今中國金貴一的那合銀二兩餘帝令如數完納月初至布哈爾闌城當是次年春月初城守兵二萬守將曰庫克汗部將曰哈米特句巴兒塔丐達扈句匈赤汗句克什克里汗夜半率衆突

圍遁至賽渾河濱當是阿母河應云質渾作賽渾誤帝兵追及盡潰散城中伊瑪姆欽士之稱姆字讀如吳下俗音暨文士等出降帝入城見欽堂疑是王宮駐馬問民以欽堂對帝下馬入堂諭馬飢速飼馬因取經箱爲馬槽令欽士守馬又以酒囊置堂中天方欽戒酒故特記受辱之事傳集謳者歌舞蒙兀兵亦歌呼爲樂帝遨時復出城登欽士講臺傳集民庶告以蘇爾灘背理獲罪之事爾等須知爾皆得罪於天爾主爲九重天生我爲執鞭之牧人用以箠撻羣類非汝等得罪上帝天何生我令譯者述其語俾衆周知又令蒙兀人彈壓大軍勿使擾害籍富民令出窖藏財物以二百八十人搜括之餘民則出丁賦以贍軍其時內堡猶未下西域往往兩城其內城若堡寨遂焚城內民居驅民填濠悉成平地矢礮環攻堡破守者悉死凡三萬八

婦稚得免夷其堡驅民於野取丁壯從軍或徙於撒馬爾干或徙於搭布瑟春末遂征撒馬爾干西域主謨罕默德貨勒自彌沙先以突而屈人六萬塔赤克人五萬塔赤克見西域傳大象二十守撒馬爾干浚濠蓄水帝在訛脫刺兒卽聞撒馬爾干垣堞高峻守兵充足非一載不能破故先分兵取各處而自取布哈爾然後進師軍鋒所至無抗命者惟色里普勒句搭布瑟兩城寨不降留兵攻下之帝至撒馬爾干朮赤等師亦至御營駐庫克薩萊諸軍分駐城四面帝周巡城外相視形勢者兩日聞蘇爾灘已往駐夏之地卽令哲別速不台率三萬騎往追又令阿剌黑諾延句畢遠爾向斡克石當卽渴石塔力堪二處進兵第三日晨城圍遂合守將阿勒巴爾汗句匈赤汗句巴朗汗等出戰兩軍傷

亡甚衆夜始罷戰第四日攻城城民惱懼第五日又攻乃有喀特句社喝烏里斯拉姆皆教士名暨伊瑪姆等出城納款越日開那馬斯喀喝門大軍入城即墮其城分城民男女百人爲一隊遣兵押赴城外曠地喀特與社喝烏里斯拉姆率五百人入守內城帝下令民間有藏匿兵丁者殺無赦其後搜獲伏誅甚衆城中叅象盡放之於曠野多餓死此可證西游記是夜大軍仍出城內城入懼不得免阿兒潑汗疑即上文阿勒巴爾汗之異譯夜率千人潛出突營而遁次晨大軍攻內城隳其牆堞塞城河之源至夜城破有千人入禮拜堂拒守射以火箭焚以火油悉成灰燼驅守兵出城分兵民於二處令康里兵三萬薙髮結辮如蒙兀人夜乃盡殺之其將曰巴力世瑪思汗句託海汗句薩兒賽特汗句烏拉克汗

更有二十餘裨將皆死原文云此二十餘人名詳成吉思汗致魯肯哀丁郭耳特信中案今西人所譯皆無此信當是失譯魯肯哀丁見西域下傳多桑作屋肯納丁阿蒲倍廓耳取工匠三萬分置各營民丁三萬人攻城隊餘民許復舊居輸二十萬的那以贖命令降官巴克曷勒蔑里克句哀密兒阿米特主收賦事兼轄降民其後復屢調發故城民益寥落西游記謂僅四之一是年夏秋帝駐撒馬爾干境內云是蛇年夏取撒馬爾干軍中屢獲貨勒自彌沙麾下人皆言其主驚惶無措惟謀逃遁其子只剌兒哀丁請於父欲集各路之兵決一血戰而父不允帝先遣哲別速不台各率萬人往追復遣脫忽察兒把阿禿兒兒親征錄元祕史率萬人繼進戒三將以窮追勿捨如彼勢衆敢抗而汝等力薄即不前進飛報我大軍屢聞人言彼畏怯殊甚諒必不敢抗也如彼勢蹙而遁雖入山穴亦

必窮其所往所過之地降者安撫之爲置官吏有阻遏我軍者必摧破之以三載爲期由戴世特奇卜察克（即欽察詳欽察釋地）回至蒙兀里斯單與我相見（猶言蒙古地方當時西域人稱天山一帶皆云蒙兀里斯單）然後全軍東返汝等之後我復令拖雷剿撫呼拉商（句）蔑而甫（即馬魯詳麻里兀釋地）海拉特（句）你沙不兒（句）賽兒黑思等處（賽兒黑思即元史之昔剌思亦稱撒剌克思）我又令朮赤察合台窩闊台攻取貨勒自彌都城賴天之祐必盡畢此事乃可凱旋帝既遣三將行復令三子整軍往貨勒自彌自與拖雷汗暫息於撒馬爾干哲別等三將從蘇爾灘之後至烹綽布渡阿母河（多桑書作烹綽克）先時蘇爾灘駐忒耳迷斯河濱（即忒耳迷詳釋地）聞布哈爾陷繼聞撒馬爾干亦陷即渡河遁毋族人烏拉匹延等從行欲害之有洩其謀者蘇爾灘夜易寢處虛

其帳次晨視帳罈皆箭孔遂奔你沙不兒勸官民嚴守哲别速不台先至巴而黑（卽巴里黑見釋地）城人餽軍裝糧糗迎降爲置守吏募導者以行太后把阿秃兒爲前鋒抵咱窪城（多桑作薩伯）欲如前收降城人閉門不應軍去城人以爲怯鳴鼓辱詈軍回攻三日樹梯入城遇人卽戮焚毁之而行將至你沙不兒蘇爾灘先欲赴伊斯法楞圍獵（多桑謂僞言出獵而逃）聞警卽逃可斯費音（卽可疾云）遣其妻往喀兒魯克之地守將曰塔赤哀丁苔勒罕（多桑作馬三德蘭境内伊拉耳）堡自與羣下謀避兵衆議上希闌山既至以爲未可（希闌山未詳）謂羅耳之葭里克海沙富多智謀延至議計（羅耳部名見釋地）羅耳酋謂羅耳法而斯兩界上有高山曰帖克帖庫壤地寬大人迹罕到可以避兵羅耳（句）法而斯（句）舒勒（部名近羅耳今曰舒里斯單）沙班喀雷（未詳）

四處之兵可集十萬力足禦敵蘇爾灘不之信仍駐是地募兵哲別至你沙不兒遣告呼拉商部內各守將曰蔑執兒哀里蔑里克嘎非曰法喝兒哀里蔑里克拉希曰斐里特哀令曰吉牙哀里蔑里克佐贊傳帝之諭招降並獻軍裝糧糗你沙不兒以三人來迎降餽糧哲別勸以見機保身家蒙兀兵如水火之不可狎玩勿恃有城有眾復予以帝之示諭用畏兀兒文若謂諭哀密兒及眾民知悉（哀密兒四城官名）自東至西上天皆以付我（原文謂與你殆誤）降者并其家屬保護之不降則罪及親族咸殺不宥既予以示而行哲別自此順者溫之路向徒思（祕史蒙文左曰沼溫當即此者溫徒思在你沙不兒東北須回軍左旋故云順者溫之路）速不台順大路向札姆（札姆未詳）中途降者皆不犯不降則力攻徒思之東各寨堡皆降而徒思拒命殺傷

甚眾由徒思往拉得康（地圖徒思東有城曰安狄枯音近拉得康或即是地惟軍又東行疑次序未順）其地花木甚多速不台喜其地未擾（應是哲别而云速不台亦可疑）晉官主守自往喀部珊城人慢不加禮重誅之凡呼拉商境内堅城多過而不攻沿途皆不久駐惟取衣服糧食牛羊馬匹而行晝夜不休速不台向伊斯法楞哲别向馬三德蘭（至是全軍又西矣）誅夷最甚者阿模爾（見釋地）阿士特拉拔特（見地圖此皆哲别之軍）速不台至搭没罕城（當是地圖中之塔密干）民避入山土匪踞城以守盡殺之又往西模囊攻敗其民（即西模娘見釋地）至耳來夷城亦如之（亦作合而拉耳）蘇爾灘正與阿塔畢奴思拉特哀丁（句）海沙勒沙富議計而耳來夷警至海沙勒沙富懼即回羅耳他爾亦遁蘇爾灘往喀隆堡蒙兀軍知而亟追中途相遇射傷其馬蘇爾灘居堡中一日即潛往八格

達朗報達追兵始謂其在堡也攻之既知其已行復逐於後蘇爾灘改道入雖而哲寒堡又奔基蘭詳西域傳注其地之哀密兒迎以入駐七日又往伊西塔耳地未詳從者盡失又往阿模爾所屬之低押乃云是地名馬三德蘭之哀密兒亦殷勤款接然蒙兀兵跟蹤而至不能休息詢於馬三德蘭教士勸以入嘎斯比海內小島原注又曰阿必斯袞蓋卽裏海今西人稱裏海曰嘎斯比安蓋本於西域之稱蘇爾灘從之居未幾又易他島以掩蹤跡哲別之軍不能覓獲遂回軍盡得其輜重珍寶送致撒馬爾干蘇爾灘以土地財賄盡失又聞妻女皆被虜幼子已飲刃多桑書所紀爲詳卽獲西域王母之事見西域補傳恚悸成病目亦昏終日啼哭旋死埋於島內越數載只拉兒哀丁起其屍送置阿勒的斤堡多桑作哀阿特罕堡詳西域下傳當蘇爾灘在日先欲立其子鄂斯拉克

沙爲嗣居海島時改立只拉兒哀丁（事詳多桑書）及其死後只拉兒哀丁聞呼拉商義闌境内（波斯之地稱義闌古時名稱亦曰伊爾闌）已無蒙兀兵（原文因成吉思汗不令其久駐之故）乃由芒格世拉克登陸覓馬往貨勒自彌其弟鄂斯拉克沙亦從往其時朮赤等軍猶未至貨勒自彌其守將曰徒智貝克里灣曰哈勒烏思拉克曰火者的斤曰阿忽勒沙希巴曰帖木兒蔑里克（此名見前文）守兵九萬只拉兒哀丁既至兒弟不和各樹黨羽衆畏只拉兒哀丁之勇不願奉以爲主思害之只拉兒哀丁聞其事即出奔由納薩之路往沙特巴黑（原注即你沙不兒訥薩兒西使記作納商）行及阿思特巽失賽克之地遇蒙兀兵戰小時許先自軍中逸去當只拉兒哀丁出奔朮赤等軍亦將至鄂斯拉克沙阿克沙亦奔經前戰地亦遇蒙兀兵併其將與從者皆

大四百七十
小二百三十八

被殺只拉兒哀丁至沙牸巴黑收集士馬居三日將往嘎自尼詳釋地而蒙兀兵至只拉兒哀丁留其將蔑里克伊勒的力克在城外禦敵而自往嘎自尼追行遠伊勒的力克亦由他道行蓋分道以誤追兵蒙兀兵追之不及只拉兒哀丁七日至嘎自尼其地兵民多奉之朮赤察合台窩闊台奉帝命伐貨勒自彌即今之庫爾坑赤蒙兀人稱爲烏爾坑赤當作烏爾鞬赤別有考於是年秋率右翼以行案上文是蛇年祕史亦謂領右手軍前鋒將莽克來蒙兀人稱之曰莽來案此人名見祕史只拉兒哀丁昆弟之出奔也將領多從以行乃有忽馬爾多桑作庫馬爾木忽兒句布喀又有統兵將阿里原文蔑兒斤人不知即太祖與仇之蔑兒乞否偕紬民共守以無首領公舉忽馬爾爲帥由其爲王母族也則是康里人也一日有游騎至城下掠牛馬城人欺其寡出城逐之

追至一花園伏兵在內突出圍攻追兵死者幾及十萬（未免太多）敗卒入城蒙兀兵亦從而入海蘭門（城門名）因日已沈西仍退次日攻城城將斐里敦古里率五百人於城下拒之朮赤昆弟既至周視城形勢招降不下近城無石伐大木塡濠令三千人往截河道（城跨河故詳西域傳）爲城兵圍攻盡死自是守者膽壯朮赤察合台素不協師不和亦無律城兵以是屢敗蒙兵（原注其地有高岡皆蒙兵骸骨葬所今猶存）七閱月之久城不下時帝已在塔里堪三子遣人以軍事來告帝廉得其實怒而命窩闊台總諸軍窩闊台乃至兩兄處極力和解軍復振力攻下之城內節節爲守巷戰七晝夜驅民至野約十萬人以婦稚工匠從軍壯丁則用以臨前敵凡蒙兀兵一人分得二十四人計民之充兵者數逾五萬（若是則蒙兵不過二千餘）

矣未免大少或他族之兵不能分民故得此數城中焚毀殆盡城有教士曰捏直哀丁克兒費聞望素著帝先聞之使人告以速出城免罹禍且許以百人從行捏直哀丁謂親族甚衆皆在城當與衆共生死迨城破亦死帝於蛇年秋自撒馬爾干起行偕拖雷汗往那黑沙不兒釋地一路游牧過帖木兒嘎哈兒哈帖木兒義爲鐵即鐵門關地先遣拖雷往定呼拉商自至忒耳迷斯城濱河攻十日破之驅民出城分於各軍一老婦藏大珠索之不肯獻而吞於口剖其腹出珠自是死者腹多被剖至連格兒特句薩蠻兩地未詳亦殺掠分軍收巴達克山半藉兵力半藉招撫皆平定無梗命者質渾河北悉平遂渡質渾河阿母河之古稱時已冬末馬年春原作蛇年殆是譯誤至巴而黑貝勒津注此下原書有闕文紳民餽禮物查閱戶口令民出城分於各軍既而

盡殺之平毀民居自此至塔力堪攻其寨取之又圍諸司雷脫柯寨極堅固守者皆敢死士七月未下（多桑云先已遣將來則七月之久始於蛇年冬非始於馬年春也）掩雷汗先自帖木兒嘎哈兒哈進征自統中軍他將率左右翼順蔑兒委察克之路（應是蔑而甫察克即元史之馬魯察葉可）經巴哈（句）黑速兒皆取之（此兩處未詳疑是寨堡非城名）取蔑而甫至你沙不兒又取寨剌黑思（見前）阿陛攸兒特（當即巴瓦兒的詳釋地）揑速（即前之訥薩）徒思（見前）札只闌（祕史有出黑扯連城即札只闌）朱溫（句）八吉克（句）哈甫（句）賽罕（句）魯達巴特（似皆城寨名皆無考）亦取你沙不兒皆在是年春帝自塔力堪召掩雷汗於大營之前回營（親征錄祕史皆有此語）掩雷汗遂由苦喝以斯單過枯姆折闌河取海拉特城（即也里詳親征錄注）乃歸見帝合兵攻塔力堪堅寨始下之察合台窩闊台亦自貨勒自彌來謁朮赤則自貨勒

自彌拏行李以行蓋移軍別處錄所謂還營所也以上之語悉可考證親征錄帝復進攻八米俺察合台子莫圖根傷於矢而卒他書譯作莫阿圖堪帝最愛此孫下令力攻始下遇生物悉殺名其地曰卯庫兒干蒙古語卯不好也秘史蒙文寨曰豁兒合合字音近喀此作庫兒干殆由是致訛義殆謂寨至今斯地無人煙帝不令察合台知莫圖根之死一日諸子侍食帝佯發怒察合台惶恐跪地謂如不從父命則死帝問斯言誠否力矢非僞帝乃告以莫圖根陣沒我令軍中勿悲哀汝當遵我命察合台聞言昏暈忍淚侍食如故旣而出至野外痛哭始返是夏帝駐塔力堪馬年夏其時只拉兒哀丁在嘎自尼蔑而甫酉汗蔑里克以兵四萬來從又有突兒蠻人賽甫哀丁阿格拉黑亦以四萬人從多桑云是喀剌赤人古耳之地哀密兒皆從之古耳先爲一國詳西域傳當哲別速不台之追蘇

廣雅書局栞

爾灘也脫忽察兒繼進汗蔑里克自以國勢敗壞蔑而甫之地不可久居乃率兵往古耳之古兒只境內古耳只無考似即下文古耳只斯單遣人納降於帝帝即令哲速等將如經汗蔑里克之地不得肆擾二將如命不犯而去脫忽察兒後至縱軍劫掠徵求一如曩日情狀其地山居之人與戰脫忽察兒陣沒汗蔑里克遣人告帝曰我覩我主謨罕默德貨勒自彌沙降附而我主不從乃其自取滅亡我則壹意歸順哲別諾延過我境未擾而去速不台亦如之乃脫忽察兒獨不如是山居之人告以降服而彼不聽依然劫奪將八剌克勤之人地名無考及山居之人驅逐以致交戰隕命若此大事豈可以此等人將兵乎仍以衣服餽帝爲謝然汗蔑里克究恐懼不自安又聞只拉兒哀丁奔至嘎自尼衆集勢

盛復遣人往附以上之事皆可證明親征錄祕史汗蔑里克並非國主或其封爵或即其名元史作蔑里可汗既嫌倒置亦混君稱祕史蒙文是矣然以汗為一句蔑里克為一句仍誤以為國主也脫忽察兒之死諸書所無貝勒津譯拉施特之書復引西域人邁哈溫忒之說云脫忽察兒或謂死於海拉特或謂死於你沙不兒今觀此書則以海拉特為近似多桑之書則謂在你沙不兒多桑記西域事宗志費尼之書居多敘述此事始末甚詳故西域補傳從多桑說與此畧異時帝已嚴守古耳只斯單猶言古耳之地方札布勒句喀不爾之地即可不里詳釋地皆要隘令失吉忽禿忽率兵南征部將曰謨喀哲曰謨兒哈爾曰烏克兒古兒札曰古都斯古兒札下二名見部族考其兵三萬取以上所言之地而防只拉兒哀丁汗蔑里克所駐地距失吉忽禿忽軍不遠蒙兀軍中但知其已降不知其又歸附只拉兒哀丁陰告以君駐配爾彎即元史之八魯彎不必移軍我當來合迨汗蔑里克潛引己衆并康里人而去失吉忽禿忽始知其有異心

亟追之夜半追及失吉忽秃忽以昏夜不敢浪戰令待次曉汗蔑里克卽乘夜疾引去天曉時已與只拉兒哀丁軍合康里人亦至勢益盛先數日謨喀哲謨兒哈爾暨他將困斡里淹城已將下只拉兒哀丁忽自配爾彎馳至突攻傷千餘人二將以衆寡不敵退而渡河駐營以守繼復退與失吉忽秃忽相合仍前進敵亦前進相遇只拉兒哀丁自率中軍令汗蔑里克率右翼賽甫哀丁阿格拉黑率左翼戰一日無勝負失吉忽秃忽令軍中縛氊象人置士卒身後連夜製成以助勢疑故次日又戰敵軍果疑援至只拉兒哀丁呼曰我衆甚盛不必畏也可分兩翼以繞之於是衆奮鬭亦漸合失吉忽秃忽令軍士視旗所向衝突敵陣然已四面受敵力不能支遂奔敵騎多良馳而追殺死

者無算帝聞敗信憂而不形於色謂失吉忽禿忽素能戰狃於常勝未經挫折今有此敗當益精細增閱歷矣只拉兒哀丁既得勝分所虜獲汗蔑里克與賽甫哀丁阿格拉黑爭一駿騎汗蔑里克以策撾其面只拉兒哀丁以其爲王母族人也不之禁賽甫哀丁阿格拉黑怒夜率所部往起兒漫句沙克闌句庫特之山而去起兒漫詳西域傳餘地無考只拉兒哀丁軍勢頓弱又聞帝軍至益恐卽退至嘎自尼謀渡信地河河名詳瀛環志畧卽印度河下皆作印度親征錄作辛河祕史作申河皆僅著上一字音失吉忽禿忽敗歸見帝訴烏克兒古兒札古都斯古兒札不識戰陣機宜平日言兵事極似有才迨臨陣乃毫無布置以致敗衄帝卽自將起師云是馬年全軍皆離塔力堪行速不及炊飯至前戰處詢忽禿忽烏克兒二將列陣何處敵陣列

何處責其不善擇地二將同受訓斥至嘎自尼知只拉兒哀丁前十五日已行令八罷牙里委赤轄城事引軍亟追時只拉兒哀丁已備船將於明日西渡帝夜疾行次曉追及圍之欲生獲只拉兒哀丁令軍中不發矢復令烏克兒古兒札古都斯古兒札阻遏敵兵不令近河岸（蓋防其登舟逸去）既而敵兵漸退至河二將猛攻其右翼汗蔑里克不能支欲遁費薩倭兒（地名多桑作丕式倭兒）而帝軍已截守道路殺汗蔑里克右翼全敗只拉兒哀丁率中軍自晨戰至日中左右翼皆覆沒中軍僅七百人左右衝突諸軍以奉令不發矢爲其突圍而出棄盾執旗纖縱馬入印度河泳水而逸帝見之以口咬指謂子曰凡爲子者皆應如此（語晦疑是凡爲將者皆應如此拉施特此處有詩述帝語意如謂此等好漢我素未聞未見將來恐爲後患）諸軍亦欲追入

水帝阻止之獲只拉兒哀丁之妻其子被殺其輜重先已投印度河令善泅者撈取遣八剌諾延原文札剌亦兒人率眾追入印度復遣朵兒伯同往原文族名已缺此可證明祕史案祕史卷十蒙文謂朵兒伯之姓爲朵兒別台則當是朵兒邊人既入印度而不得蹤跡取璧遏城多桑作璧耶爲堡寨名又往木而灘其地無石伐木爲筏以運石攻具既備而暑氣甚熾當是羊年夏遂捨去蹂拉火耳句璧薩烏爾句蔑里克甫爾諸城皆在西印度未至中印度大掠而回印度河東帝既遣八剌於羊年春歸至印度河上游命窩闊台往定印度河下游諸地遂大掠嘎自尼虜其人以行城亦毀又遣人稟命於父欲往攻昔義斯單帝曰天已暑宜即回當遣別將往攻窩闊台遂由該勒姆西兒之路而回是夏帝避暑於配爾彎以待八剌諾延悉掠配爾彎近處八剌朵兒伯

至帝遂往古腦溫庫爾干秘史蒙文帝溯申河以至格溫斡羅罕親征錄上避暑八魯彎川候八剌那顏因討近敵悉平之八剌那顏至遂行至可溫寨錄為寨名而秘史釋為河名案蒙文寨曰谿兒合小河曰谿羅罕有時亦作谿羅合二音易混或是寨名或寨在河濱以河為名多桑作古南庫兒干刪去溫字音譯音似遂窩闊台亦至在配克部爾過冬。其地之酋曰薩拉爾阿黑默特自縛來降並餽軍糧以地熱士卒多病令民每戶舂黍米百斤供士卒三八之食下云其時哲速二將收定阿而俺阿特耳佩占義拉克失兒灣等處分設官吏及至士卒病愈帝欲由印度斯單至唐古特之路而回行未數程聞唐古特又叛一路山荒林密道途險巇水土惡劣行旅易病乃回至費薩倭兒仍循來時之路而返案此即元史帝至東印度國一語所由來也當是脫必赤顏原有斯語特欲往未果譯者不察遂謂已至東印度然西游記並無是事豈帝遣別隊探路長春未之知耶猴年順八米俺山路行南征時留輜重於八格闌至是取以行渡質渾河冬。至撒馬爾干令蘇爾灘母妻在輜重前先行俾其辭別故土而哭諸軍在後不使聞其哭也帝至費那克河河名未詳上文亦作費那克特除朮赤外諸子皆至會議既畢徐行回軍下云成吉思汗之事紀述至此應敘哲速二將之事及謨罕默德蘇爾灘在海島中如何死狀案蘇爾灘之死已見前文此下又並未言及不知何以突來斯語只拉兒哀丁自你沙不兒遁嘎自尼時哲別速不台遣人請命於帝謂蘇爾灘已死只拉兒哀丁已遁我等應往何處待命而行惟望於一二年間仰賴天祐得遵主上所立期限繞奇卜察克之地以往蒙兀里斯單其後又屢遣人奏事時西域之地多亂每次奏事皆以三四百人護送軍入義拉克裏海南部名呼拉商以東皆是詳西域傳注取哈耳城當即胡瓦耳詳釋地西模曩城至立亞城掠之立亞未詳至枯姆城大殺掠西往哈馬丹其酋賽特密哲哀丁阿拉曷都勒魄衣騎遣

官入守門別隊至薩哈斯合以下文當是贊章爲其酋塔勒沙拉赤句庫赤布克汗所敗遂往贊章大屠戮又往可斯費音以民守城辱詈力攻下之民猶力戰兩軍共亡五萬人義拉克境內多羅兵鋒是年冬寒最甚兵在立亞境內帝在忒耳迷斯那黑沙不之地則是蛇年冬矣既而兵入阿特耳佩占爲西域鄰部詳西域傳所過殺掠將及台白利司部主阿塔畢鄂思伯克云其父名札罕伯克立宛匿不敢出遣人迎降餽牛羊馬及衣服二將卽入阿而俺駐冬欲入谷魯斤卽元史曷思麥里傳之谷兒只尾音轉爲谷魯斤今西人多稱爲曲兒只遇其部萬人來禦臨陣痛詈戰敗其衆以其境內路隘林密退而往梅拉喀路經台白利司部主復遣官曰薩木斯哀丁土格雷出餽軍貲進攻梅拉喀城主爲婦人不習戰事城民乃自募丁壯爲守蒙兀軍驅俘獲之

衆爬城退繘者斬數日城破大殺掠欲入的呀別起耳他書多作的牙佩亮耳哀而陛耳皆部落名詳西域傳而哈馬丹城有貨勒自彌沙舊將只馬哀丁阿比亞糾衆作亂殺所置守吏並擒阿拉昜都勒下於獄二將復回哈馬丹破其城只馬哀丁阿比亞求降仍戮之平毀哈馬丹往那希拉彎未詳破其城城酋乞降允之原文與以水牌及紅色物不知何物又入阿而俺下昔拉白城往貝列堪屠其城取甘札城皆詳西域傳又入谷魯斤兵來禦哲別以五千人設伏速不台迎戰佯敗敵追而伏起殺其衆三萬入失兒灣部即昜思麥里傳之失兒灣沙城破得耳奔特關門即打耳班皆詳西域傳及釋地遣使告失兒灣沙沙爲君稱速覓鄉導入來比導者十人至殺其一爲徇不善導路有如此例入阿蘭部即阿速阿蘭人糾合奇卜察克人來戰即欽察無勝負二將遣告

奇卜察克人我等皆一類阿蘭爲異類欽察阿速接壤亦當同類考諸西書欽察人並非青目赤髮而元人所撰庚申外史云朝廷聞紅軍起命樞密院同知赫廝禿赤領阿速軍六千并各支漢軍討穎上紅軍阿速者綠睛回回也素號精悍善騎射然則阿速人乃眞青目故二將謂其異類矣欽察人非青目赤髮見釋地我等當立約議和不相侵犯如欲財物皆可致餽因厚遺之奇卜察克人引去由是戰勝阿蘭大殺掠奇卜察克人散歸不爲備二將出不意攻入其部盡返所遺物敗衆多逃入俄羅斯遂往速達克城城在海濱與康思但丁諾白爾城相對就地形而言必係黑海北境元史地理志之撒吉剌西域人亦稱速嘎特此去速達克其卽速嘎特之變音歟詳釋地敗其衆下其城遂至俄羅斯界上奇卜察克人逃入俄者聚集俄兵來攻二將見其勢盛案兵不動敵以爲怯亟進而蒙兀兵退追十二日蒙兀兵忽回戰七日之久盡敗敵衆掠其地旋卽東返遵帝所命之路

而還拉施特敘二將北伐之事甚畧多桑傳引他書所紀加詳具哲别傳帝親征塔赤克而回塔赤即條支大食之由來詳西域傳條支考猴年在路駐夏過冬、行及已境皇孫呼必賚即世祖今本改音較元史本音爲勝忽拉護來迎即旭烈兀今西人多譯稱忽拉古時呼必賚十一歲忽拉護九歲在乃蠻界上阿拉馬克委之地云近阿木兒忽眞在吉勒河那邊仍未詳呼必賚射一兔忽拉護射一山羊蒙兀禮幼者初獵得生物則以鮮血染長者拇指呼必賚輕攜帝手拭之忽拉護攜帝手甚重帝曰你如此用力可爲羞恥釋文難通其解但依其語書之行至布哈蘇赤忽地未詳支金帳設宴大犒三軍地係沙土令各營取石壓墊營帳以免傾側則有烏布赤諾延云是烏克之弟兒不以石但支木帝咎之宴會時射獵爲樂烏布赤又不從眾合圍以是畱之於營七日不令出從烏布赤惶恐謂如責我當遣我往他處帝乃恕其罪與以一條路大約遣往他處雞年春至老營夏在舊居駐夏拉施特此書紀年悉同史錄殆因國史如是不能立異說見前聞唐古特又叛雞年秋整軍攻合申本紀伐西夏在丙戌春親征錄則云乙酉秋復統兵征西夏此書與錄同令察合台以本部兵守老營後路其時朮赤卒窩闊台從帝軍拖雷汗因婦唆魯禾克帖尼出痘原作西兒忽克屯別姬與元史字音相合故從元史緩行數日帝在途聞窩闊台之子庫延疑是闊端之訛古由克歸即貴由定宗名二孫求賞賚帝曰所有之物已盡歸拖雷彼係家主他西書謂蒙古俗幼子得父遺產故斡赤斤之名惟幼子得稱義爲守竈解見祕史注拖雷以幼子從父儼如家主其後帝崩遂監國親征錄謂大上皇帝時爲太子皆即斯義未可斥其誣妄其後拖雷汗以衣物分餽之帝以海拉特王之祖忽魯札克與古由克謂汝有病可令其管膳海拉特封國建藩詳西域下傳惟忽魯札克之名無考軍至唐古特取甘州肅州案史錄皆謂丙戌入西夏其取甘肅等州本紀繫之於夏下文之狗

年當移於此乃合原書之誤譯者之誤不可知矣甘州肅州下又有戈州疑是河州又取兀剌孩城見秘史蒙文卽史錄之斡羅孩圍滴兒雪開城秘史蒙文朵兒蔑該注謂靈州蓋卽滴兒雪開合申主失都兒忽土人稱曰李王失都兒忽兒秘史謂是來降後帝爲改名今考帝未崩前西夏主但納降未來謁則失都兒忽當卽其名親征錄可證西夏主亦曰李睍故稱李王由其伊兒開都城原注土語伊兒開蒙古語則云額兒起牙蓋卽本紀所謂夏王城祕史蒙文稱甯夏曰額里合牙是也率五十營兵來援帝移軍往迎地多河已冰合云河皆從黃河而出則是黃河支流本紀丙戌十一月庚申帝攻靈州夏遣嵬名令公來援丙寅帝渡河擊夏師蓋是戌年事此誤紀於雞年兵皆從冰上行令衆射矢無許虛發此戰殺人無算蒙兀兵死十之一合申兵死者增兩倍失都兒忽逃回都城帝曰彼經此敗力不能復振矣不甚措意越其都城往取他城既攻下各城後卽入乞解境此卽本紀丁亥春帝畱兵攻夏王城自率師渡河攻積石州等事四月帝次龍德拔德順等州德順節度使愛申進士馬肩龍死焉則入金境矣皆是豬年事

原書失次豈國史未詳故親征錄概不言及而元史及此書皆采諸他處歟狗年春初至益昏塔剌呼圖克之地身不甚健得夢知死期將屆地名無考果有此夢必是豬年而非狗年是時諸子在側者惟亦孫哥阿克注云朮赤哈薩兒之子必即亦孫哥所謂阿克未詳何義因問窩闊台拖雷今何在相離遠否亦孫哥阿克謂僅離二三里即遣人召至次晨帝告諸將及從官今有事與諸子商汝等暫避迨衆退乃曰我殆至壽終時矣我爲汝等刱此基業無論東西南北自此首往彼首皆有一歲程期我遺命無他汝等欲能禦敵多得民人必須合衆心爲一心方可享受永遠國祚我死後汝等奉窩闊台爲主又曰汝等可各歸理事我享此大名死無所憾我願歸於故土察合台雖不在側當不至背我遺命生亂言畢即麾諸子出自率兵往南紀可斯必係指南宋而名稱不得其解久乃

悟爲南朝二字變音斯字爲尾文當時南朝爲通稱故蒙文用之所至之地皆迎降行至六盤山爲主兒只南紀勾斯合申三處交界之地此同本紀無所謂祕史之雪山也主兒只聞其至遣使納賄行成見本紀丁亥六月一大珠盛於盤圍小珠無數帝問何人之耳穿眼可來領珠耶律希亮傳有諸王餽耳珠不受之事可見蒙古當日男子有穿耳者盡散於衆有續至求珠者擲珠滿地俟其自取遂多陷入泥土其後尚有人撿獲失都兒忽自念屢叛屢敗今已全境被擾不能復振惟有乞降因遣使來立誓歸誠謂不敢望收之爲子帝允其請又以備貢物遷民戶須展限一月乃得自來朝謁帝亦允之告以今我尚病且無來令脫侖扯兒必前往安撫失都兒忽帝自此病日漸臨崩之前告其大臣我死且不發喪勿令敵知待合申主來即盡殺之猪年八月十五日帝崩

上文未紀猪年必有奪誤元史言七月此云八月當依元史蓋中歷西歷天方歷各各不同易於舛錯拉施特云崩期在年中則七月是矣帝崩之先夏王城降而未下西夏主未來祕史因不足憑蒙古源流謂納西夏之后致病眞是無稽讕語辨見祕史注諸將遵遺命不發喪俟合申主來謁殺之而後發喪奉柩歸老營四鄂爾多同日舉哀遠處得信亦皆奔喪三月而後畢集先時帝至一處見孤樹愛之盤桓樹下良久謂左右曰我死卽葬於此其後有人述前命遂卜葬樹下據云葬後樹皆叢生後成密林不辨墓在何樹之下雖當日送葬者亦莫能識據云墓在克魯倫河葉子奇草木子述元世葬法深埋之後用萬馬蹴平俟草青方解嚴則已漫同平坡無復考誌遺迹蓋不欲人知也此書所述必係葬後廣植茂林使人莫辨同一作用拖雷汗蒙哥汗呼必賚汗阿里布喀卽阿里不哥皆附葬於此他子孫則別葬守墓者爲烏梁海人此非蒙古之烏梁海詳部族考　國朝張鵬翮奉使俄羅斯行程錄歸化城乃元之豐州二十日早發二十一日入祁連山遠望石峰疊翠入

其中則羣阜蜿蜒相傳元世帝后俱潛厝此山不立陵墓今以地圖考之歸化城北非太祖葬地或即所謂他子孫則別葬之地也案蒙古游牧記鄂爾多斯盟名伊克昭蒙古謂大曰伊克廟曰昭理藩院則例伊克昭境内有青吉斯汗園寢札薩克一員專司經理復引蒙古源流云以輦奉柩至所卜久安之地立白屋八間在阿勒坦山陰哈岱山陽之大諤特克地方建立陵寢阿勒坦山即鄂爾多斯右翼中旗西北之阿爾布坦山哈岱山即哈魯特山史謂葬起輦谷在今賽因諾顔左翼右旗與鄂爾多旗右翼中旗兩界之交無疑據此則太祖葬地在今榆林府西北河套内外元初爲西夏地然考蒙古源流謂以輦奉柩至穆納之淖爾處所車輪挺然不動吉爾根巴圖爾歷舉鄂嫩德里衮布勒搭干克魯倫等地而謂汗何戀唐古特反將昔日屬衆蒙古等棄擲言畢柩因徐徐轉動遂至所卜久安之地德里衮布勒塔干即祕史之迭里溫孛勒荅黑太祖誕生地也鄂嫩克魯倫皆河名尋譯其言太祖必不葬於西夏張穆引之其誤顯然本紀六月帝次清水縣西江爲今甘肅秦州境七月壬午不豫己丑崩於薩里州哈老徒之行宫今鄂爾多斯右翼前旗西南有哈柳圖河東南流合金河入榆林邊蒙古名金河曰錫喇烏蘇史之薩里與錫喇對音哈老徒哈柳圖音合鄂爾多斯當是崩地非葬地誤以爲園寢徐霆黑韃事畧霆見忒没眞墓在瀘滄河之側山水環繞正與西域書合

自兔年至猪年帝崩凡九年帝之事迹

國史及他書所載多簡而不詳今畧補之庶乎帝在生時何年爲何事讀史者可以知其大概矣（所謂補者當即指帝伐西域之事）蒙兀人多謂帝七十二歲生死皆豬年此爲突而屈年分其金棺至老營在當年某月十五日（貝勒津注原文某月字不能辨）以星度考之蓋已七十五歲（此當是天方歷）由歷法有論日論月之别以突而屈歷計年應七十三歲其生在年中其崩亦在年中故以月論則七十五以日論則七十三國史所記年分當父在時尚年幼固無可言及至其身事變迭起不能得詳以此少記四十年事迹父在至父没其十三年父没之後衆多畔從泰亦赤兀諤倫兀格幾費心力始爾住少許人帝受泰亦赤兀朱里牙特（案此書誤合札只剌特與朱里牙特爲一故云受朱里牙特之厄其實非也當云札只剌特）蔑兒乞（即太祖后被虜之事）塔塔兒等人許多驚

恐然得天祐不特免難且能陸續收滅其衆如是者又二十七年二十七年之首年爲鼠年末年爲虎年蓋至虎年而甚强云原書以下復從虎年後兔年起畧述每年事迹如書之目錄然大抵複述上文殊嫌煩贅故不譯著

附太祖訓言補輯拉施特采訪太祖嘉言懿行多國史未載而別見著述者凡三十條自來西人悉未譯及惟貝勒津譯之元史謂帝深沈有大畧用兵如神惜當日史官未備或多失於記載今考此三十條中不乏至理名言戒酒一條畧見元史阿剌兀思剔吉忽里傳博爾朮救帝矢傷一條亦畧見元祕史惟祕史謂是者勒蔑所敘情節不盡符合各據傳聞誤不能免歧異也譯而存之但潤色其詞不改易其義深沈有大畧史論可以窺見一斑云

凡子不率父教弟不率兄教夫疑其妻妻忤其夫男虐待其已聘之女女慢視其已字之男長者不約束幼者幼者不受長者約束高位達官信用親近遺棄疏逖富厚之家不急公而吝財若是之人必至流爲匪類變爲叛賊家則喪國則亡臨敵則遇

廣雅書局栞

殃我嚴切告戒以防此弊於是將領中有材士卒中有材下至厮養各盡其職仰荷天祐大業以成冬夏游牧馬騰士飽咸無缺乏使子孫悉依吾訓行之雖千年萬年可也

諸王百官不依我告戒則禍害立至思再得成吉思汗以提命汝等奚可得哉告戒如下此條應併合上條乃是然原文確分爲二

諸諾延每歲二次來受教令歸則實力奉行自能綱舉目張鈐束部曲若面從心違致我教令如石落水如矢入草若此人者不可使居衆上

能治家者即能治國能轄十人者即能轄千人萬人能理己事即能理國事爲國禦敵

什人之長不盡職者去之即於此什人中選擇爲長出一令發

一言必三人謂然而後可行已一人也更以人言衡之又一人矣更以有識者之言衡之則又一人矣是謂三人否則令勿出言勿發幼者見長者長者未問幼者勿先發此條有譬喻甚費解不釋

馬肥時能疾馳瘦時亦馳肥瘦得中亦馳乃爲良馬此喻語也孕義甚廣

將士臨敵當思得名如圍獵然禱祐於天務多獲而後已

臨民之道如乳牛有安靜和易無言成化之意臨敵之道如鷙鳥言猛迅也二語頗類子書

一言而見爲善必行其言見爲不善則不必行其言知已爲何如人乃能知人爲何如人

人不能如日光無遠近不燭則家事賴有內佐夫或外出客至其家款接食飲必致豐腆而後謂盡婦職遐邇稱譽觀其家郎

可知其人矣至今外蒙古風俗尚如是

人在忙遽倉猝時當法達爾海烏哈日者達爾海烏哈出二人從遠見敵者二人從者謂以三人攻二人往必勝達爾海烏哈曰我已見彼彼豈不見我哉言外之意謂彼見我人衆而不逃必有計也策馬去之合於已衆既而知此二人一爲塔塔兒酋帖木兒烏哈潛伏五百餘人於山隘獨出誘敵往則爲擒矣

圍獵時多得獸此是賓戰陣時多殺敵此是主若天爲闢一生路則我可以緩而人可以忘言不當窮追勿捨人亦不至飲恨甚深也

言勇無如也孫伯終日戰而不疲不飲不食而不飢渴人莫能也然不可使爲將彼視人猶已士卒疲矣飢渴矣而彼不知也故爲將者必知已之疲知已之飢渴而後推之於人其行軍也

必知路之遠近以量士馬之力量力自弱者始弱者能之强者無弗能矣此條不惟將將且見君人之道

商賈善居積物之良楛纖悉必計將領之教子弟亦然騎射之事講肄精良必如良賈牟利視若身心性命之不可忽也

教戒子弟毋使忘本不可使其但知鮮衣美食乘駿馬擁嬌姬則將忘我等開刱之勞

嗜酒者昏若聾若瞽心手無主執業俱廢酒之亂性不問人之善惡也語意甚精君嗜酒則君失職百僚嗜酒則臣失職將嗜酒則軍制弛兵嗜酒則事變生常人嗜酒則將傾家僕役嗜酒則將受責不得已而節飲一月三次足矣或二次能不飲者尤加人一等

我昔征乞觧阿勒壇汗時解帶置項解馬掛之釦跪禱於天請報俺巴海句烏勤巴勒哈之仇一爲我祖弟兄一爲我父弟兄天若許我則祐我得勝由是敗阿勒壇汗得其土地

我後登阿爾泰山以望已營我軍之多如林從軍之女亦可成隊我願其口饜肥甘身饜文繡居得華屋牧得腴地道途之內荆棘不生此我之素志也

汝等不從我教初二次責辱之三次則流於巴勒眞句忽兒珠爾之地地名未詳歸而仍不從教則下諸獄終不改則令宗親共議其罪

自將帥以至士卒雖無敵時亦當籌備一 聞號令立即起行

男子生於巴兒古眞脫嵩姆及斡難克魯倫之地皆聰慧有膽

量不待十分指示即能領會道理女子亦然不待修飾自然端好

我遣木訶里國王征南京取七十二城馳使奏捷問可旋師否告以盡取之而後歸使者回報木訶里問主上尙有何言使者謂別無所言惟伸拇指以示巨擘之獎木訶里又問主上之伸拇指眞謂我否曰然木訶里曰如是則我之不惜身命亦不枉矣又問此外何人得邀主上之伸拇指使者曰更有博爾朮句孛兒忽勒句虎必來句赤老根句哈剌察兒元末駙馬帖木兒五世祖名見元祕史札歹句巴歹句克失里克即乞失里黑謂此等人護衛我皆能得力或調鷹或牧馬或善戰皆有所長此條似非太祖之言而原文乃入太祖語氣

有將巴剌哈剌赤問我曰主上如是神武無堅不破請問有何

徵兆我告之曰我未即位之先嘗獨出遇六人守隘口不得過我持刀以前矢如雨集而我無一傷殺此六人而行歸途經六屍傍其六騎猶在我即驅之以歸所謂徵兆如是而已

一日與博爾朮同行遇二十餘人設伏於嶺博爾朮從而後我不及待即往攻之矢傷我口昏仆於地博爾朮至見我傷重以熱水飲我凝血乃吐重復往攻二十餘人始以爲必死繼乃大驚皆來降博爾朮由是寵異

成吉思汗少時晨起理髮見有白髮數莖左右皆訝謂年少不應有此成吉思汗曰天命我爲衆人之長所以先與我以老態爲爲長者之兆

成吉思汗問博爾朮等人生何者最樂博爾朮曰臂名鷹控駿

騎御華服暮春之天出獵於野斯爲最樂博爾忽勒曰鷹鶻自空搏擊飛禽不搏落不止憑騎觀之斯爲最樂虎必來曰圍獵之時衆獸驚突觀者最樂成吉思汗曰不然人生之樂莫如殲戡仇敵如木拔根乘其駿馬納其妻女以備後宮乃爲最樂

貝勒津自注云至今韃靼部族相傳有此告戒語本子而第四條語已不全不如拉施特所記之完善第五條爲國禦敵作爲國禦病之意係誤第六條誤將什人之長作爲物名第七條將第二層人言漏去第八條亦誤第十條當思得名語意較此更暢惟以下語晦十二條語微異而理不差二十五條韃靼本甚不好三十條則無之矣

附太祖諸弟世系 原書即在本紀内今摘出附錄於後

也速該次子朮赤哈薩兒 朮赤其名哈薩兒義爲猛獸以其軀幹甚偉故有是稱 力能折人爲兩截滅乃蠻時主中軍甚出力故帝予以賞格凡其後人位次在皇族之上至今時仍有此制其後人與可汗親王同坐

所謂親王當指皇子而言相傳有四十子惟三人著稱一也古一脫古即脫忽一也生哥即移相哥也古也生哥事迹見於史策脫古事迹不詳也曰脫古身材皆小也生哥獨偉岸朮赤哈薩兒薨也古嗣位也古薨也古子阿兒哈孫嗣位案太宗本紀或作野苦亦作也古憲宗元二年本紀作也古三年也古以怨襲諸王秃剌兒營故罷其征高麗之兵乃是年冬命宗王耶虎與洪福源同征高麗耶虎無考豈即也古而仍令東征耶憲宗三年後也古不見於史阿兒哈孫無考世祖二十五年四月甲申詔皇孫撫諸軍討叛王火魯火孫合丹秃魯干火魯火孫似即阿兒哈孫而世次不符西或史此語殆誤抑由西人誤譯蒙哥可汗呼必賚可汗時也生哥嗣位歷膺重任統領全軍可汗與阿里布喀戰即阿里不哥也生哥助王師相傳壽至七十五歲可汗召至議事髮無一莖白者案憲宗元年本紀始見亦孫哥世祖中統元年也先哥卒東道諸王二年賜也相哥金印至元四年賑移相哥所部饑民皆即也生哥四年後不見其名蒙哥可汗時朮赤哈薩兒數妃尚在其分地在

阿爾袞河枯拉淖爾海拉兒客魯倫河東北流潴為枯輪淖爾再出而東北為額爾古納河東有海拉兒河自東南來會此之枯拉淖爾當即枯輪淖爾海拉兒當即海拉兒河俄圖稱海拉兒內府圖作海拉爾水道提綱作開拉里詳親征錄海剌兒帖尼火魯罕注兩地皆符則阿爾袞河當即額兒古納河下云近斡赤斤大王封地當是朮赤哈薩兒地在北斡赤斤地在東南伯帖木兒傳敗乃顏兵於忽爾阿剌河追至海拉兒河又敗之忽爾阿剌疑是阿爾忽剌即額兒古納地近斡赤斤後王封地也古子貝蓬克無考又有子火兒哈孫當即上之阿兒哈孫土古子也不根也生哥子愛每根當呼必賚可汗時愛每根嗣其父也生哥位宗室世系表也苦子愛哥阿不干移相哥子勢都兒脫忽大王未載有子今考也不根即阿不干而愛每根似即愛哥恐西域傳聞有誤然也苦三王子嗣何以寥落如是史表亦未盡可憑愛每根子勢格都兒繼嗣亦在呼必賚可汗時勢格都兒與斡赤斤後王禿格察爾之孫合而謀叛即乃顏為可汗所誅分其軍即表之勢都兒世祖二十四年本紀作失都兒又二十九年正月賜諸王失都兒金千兩豈已悔罪歸誠耶抑名同人異耶朮赤

元史譯文證補卷一下　　廣雅書局栞

哈薩兒後人分領一軍從至西域阿八哈時尚在今亦有存者朮赤哈薩兒有一子曰巴忽兒達爾云以面色淡白故有是名其母阿爾壇哈敦火魯剌思人朮赤哈薩兒又娶僕婦闊闊真甚美生子哈拉兒珠在襁褓中即屬阿爾壇哈敦撫養哈拉兒珠有七子曰帖木兒無後曰沙里曰木哥都二子曰布克兒台曰庫倫沙喝曰忽圖哥其子阿兒斯蘭從忽拉護至西域而卒上云分領一軍至西當即其人曰沙兒速克塔二子曰忽占曰札馬赤曰孟岱兒子烏而傑特木拉曰呼兒達喀無後相傳窩闊台可汗時察合台遣使來告從前共飲食之人今已漸少如可汗遣舊人來庶易共理國事是以可汗命哈拉兒珠前往阿爾壇哈敦不願遠離亦偕行並挈其孫徹兒吉歹同往徹兒吉歹時尚幼爲巴忽兒達爾長子其次子失其名幼即卒徹兒吉

歹五子曰奇卜察克（二子曰台柱曰霍拉戴）曰蘇圖曰庫克皆無後曰圖丹土喝塔曰台兒極兒（三子曰巴魄曰布拉兒吉曰普拉特）其後八剌克與阿八哈爭戰（詳阿八哈傳）哈拉兒珠徹兒吉歹同助戰八剌克敗兵亦散二人相謀謂本是可汗命吾等西來吾等今當往依阿八哈遂至梭庫兒魯克之地謁阿八哈厚撫而納之先令庫克從阿爾渾（阿八哈子）繼令蘇圖亦往從又令圖丹土喝塔管倉糧亦令台兒極兒管糧因其不能任事改令隨扈沙兒速克塔孟岱兒呼兒達喀皆從阿八哈待以親王之禮

也速該三子哈準生子甚多嗣位者爲伊兒吉歹（卽支表之案只吉歹）窩闊台蒙哥呼必賚可汗皆重之遇大事必與商分地在東方近長城近主兒只地（主兒只卽女直案地當在今吉林西南盛京熱河以北）又近亦乞剌思

部地哈蘭眞額刺特及兀兒古以河哈蘭眞卽太祖與汪罕戰地額刺特卽祕史之額列惕沙陀之謂兀兒古以河卽祕史之兀勒灰河史錄作兀魯回水道提綱蘆河土名烏爾虎河亦作吳兒灰內府輿圖作烏爾揮蒙古游牧記作鄂爾虎烏珠穆沁左翼旗地餘詳太祖本紀譯證無人從至西域伊兒吉歹子察忽刺嗣位察忽刺子哈刺忽兒嗣位哈刺忽兒子哈丹嗣位哈丹子勝格納哈兒嗣位史表案只吉歹子曰合丹曰察忽刺曰忽列虎兒濟南王勝納哈爲隴王忽刺出之子合丹之孫此書世系不符又無忽刺出恐誤案按只吉歹太宗五年八年本紀俱作案赤帶定宗憲宗本紀俱作案只帶而世祖中統元年三月率東道諸王來會者僅有忽刺忽兒無案只帶十二月賜諸王銀及文綺帛則有案只帶忽刺忽兒合丹忽刺出勝納合兒當是一家人故連類受賜惟察忽刺禾見世祖本紀憲宗三年癸丑世祖征大理諸王鈔合也只烈帥東道兵史表無鈔合似是察忽刺也只烈似卽表之濟南王也只里爲察忽刺子故疑是也中統二年忽刺忽兒所部民飢免上供羊至元九年十二月諸王忽刺出拘括逃民高麗界中高麗達魯花赤上其事詔高麗諸民猶未安集禁罷之至元二十年諸王勝納合兒設王府官三員二十二年與乃顏同叛罷勝納合濟南分地所署官嗣後本紀不著其名惟至元三十

年詔舊隸乃顏勝納荅兒女直戶四百虛糜廩銀令屯田揚州列傳惟忽憐土土哈傳兩見其名忽憐傳作聲刺哈兒土土哈傳作勝刺哈又謂乃顏陰遣使來結勝刺哈爲土土哈所執盡得其情勝刺哈設宴相邀二將土土哈以爲事不可測遂止計不得行未幾有旨令勝刺哈入朝將由東道進土土哈言於北安王曰彼分地在東是縱虎入山林也乃令從西道進據此則是勝納哈從北安王備禦海都在西北邊雖預乃顏逆謀而事機已洩西道入朝不及偕乃顏稱兵矣曾否伏誅紀傳皆不得考又案本紀二十四年四月乃顏反五月帝親征八月車駕還上都諭從叛諸王赴江南諸省從軍自效十月桑哥言諸王勝納合兒印文曰皇姬貴宗之寶寶非人臣所宜用因其分地改爲濟南王印爲宜濟南王封號當始於此史表案只吉歹冠以濟南王殊誤諸王表濟南王下云也只里至元二十四年封當是勝納哈兒叛後改封也只里呼必賚可汗查伊兒吉歹後人共有六百不可信勝格納哈兒以與斡赤斤後人同叛被誅

也速該四子帖木哥斡赤斤人常稱爲斡赤那顏其長妃曰珊達克勤爲斡勒忽納特氏與諤倫太后同族咸尊敬之斡赤那

顏好土木喜建宮室苑囿成吉思汗愛其幼弟延之上坐其子亦令位己子之上成吉思汗分與軍五千故部衆甚盛分地在蒙古東北面界外已無蒙古人生子甚多薨後子禿格察兒嗣（史作塔察兒歐陽元高昌偰氏家傳撒吉思與火魯和孫馳白皇后帖列聶氏授塔察兒以皇太弟寶襲爵為王案太宗六皇后名脫列哥那祕史作朵列格捏當即帖列聶曰氏者傳之誤也斡赤之薨當在六皇后攝國時）呼必賚可汗召宗王議事禿格察兒必與其列阿里布嗒叛時令禿格察兒往討敗其衆久在軍中運籌治事壽甚高薨後子乞卜嗣乞卜子亦曰禿格察兒嗣乞卜位禿格察兒薨子哀楚兒嗣哀楚兒薨子乃顏嗣呼必賚查其族派有七百人可汗暮年乃顏與勢格都兒勝格納哈兒及果魯干後人額不干（即也不干）窩闊台可汗後人烏魯克庫騰（無考）結海都而叛可汗征之或誅或赦軍盡分

析今已無其後人分地案世系大誤撒吉思傳斡眞甍長子只忞欲廢適自立撒吉思與火魯和孫馳白皇后乃授塔察兒以皇太弟寶襲爵爲王敘述甚明史表世次亦同惟只不干有兒斡端與傳長子之說不符表又無脫迭惟塔察兒弟帖實之子脫帖音同而世次不同此云乞卜當卽只不干之訛奪干字音誤作斡赤那顏之孫塔察兒輔立憲宗率軍南征屢見本紀世祖卽位率東道諸王來迎至元九年十年賜其軍幣帛賑其部飢民此後本紀無其名何人嗣位史不可考表謂是壽王乃蠻台未可信此之哀楚兒似卽史之阿朮魯惟表爲斡端子塔察兒同祖兄弟表無阿朮魯後裔則此云哀楚兒子乃顏叛亂伏誅似非妄撰史表則里古台曾孫乃顏修元史者據之以地理志肇州附於廣寧府路下引哈剌八都魯傳內乃顏故地一語爲證謂乃顏爲孛魯古歹孫今考本紀太宗八年分賜諸王民戶斡陳那顏平灤州世祖中統元年七月詔給諸王塔察兒益都平州封邑歲賦金帛至元二十四年乃顏叛罷乃顏所署益都平灤分地達魯花赤則爲斡陳後人無疑廣寧王下乃顏名同人異錢氏大昕廿二史考異以史表有二也不干亦引廿四年罷也不干河間分地達魯花赤定叛王也不干爲闊列堅曾孫而未敢言乃顏今以西域書證之實與本紀吻合至西域書之兩禿格察兒必然有誤或傳鈔之訛也又乃顏封地在東弄兵亦在東本紀五月帝親征高麗王睶請益兵征乃顏以五百

人赴之六月諸王失都兒所部鐵哥率其黨取咸平府渡遼欲劫取豪懿州守臣求援以北京戍軍千人赴之七月失都兒犯咸平宣慰塔出從皇子愛牙赤出瀋州進討宣慰亦兒撒合分兵趣懿州其黨悉平八月車駕還上都瀋州饑又經乃顏叛兵蹂踐免其今歲絲銀租賦九月咸平懿州北京以乃顏叛民廢耕作詔以海運糧賑之塔出傳言女直水達達官民與乃顏連結伯帖木兒傳敗乃顏兵於忽爾阿刺河追至海拉兒又敗之此二地僅此傳一見似是東藩之西境詳見前注傳又云乃顏黨率眾走山前似指興安嶺又云追戰於札刺馬禿河追至夢哥山擒金家奴萬小傳乃顏叛率兵征之六月至撒里禿魯之地同都萬戶闊里鐵木兒與乃顏將黃海戰大敗之又從世祖與塔不台戰又敗之是月至乃顏之地奉旨留蒙古女直漢軍鎮哈刺河復遣精騎扈駕至失刺斡耳朵從御史大夫玉速帖木兒討乃顏七月至札刺麻禿與金家奴戰敗之追至蒙可山那兀江等處遂平金家奴塔不台等所謂至乃顏地留軍鎮哈刺河蓋守後路兼防他道敵兵蒙古謂黑曰哈刺必是黑河蒙古游牧記潢河亦名潢水自克什克騰旗界發源東流至巴林旗界為大遼水之西一源唐書地理志營州北四百里至潢水今稱錫喇木倫蒙古謂黃為錫喇遼史地理志上京臨潢府有潢河復有黑河周廣順中胡嶠陷北記謂渡湟水明日又渡黑水宋薛映記及富弼行程錄並謂渡湟水石橋五十里至保和館渡黑水河沈括筆談謂黑山在大漠北有黑水出其下是黑

河在今巴林界蒙古稱哈剌木倫亦作喀喇木倫下流入西遼河亦作西剌木倫據遼河之西扼南北要路本紀失都兒所部鐵哥渡遼欲劫取豪懿州可知當日軍情以遼河爲要害乃顏封地則在遼河迤北札剌麻禿當卽伯帖木兒傳札剌馬禿河徧考中外地圖無合音者惟水道提綱綽爾河於兩山閒出平地又東南百數十里合西來之賽勒河又數十里合東北來之馬拉兔河又百里合西來之特門河經科爾沁右翼北境綽爾河亦作徵兒如以綽爾馬拉兔兩河合言卽札剌馬禿又提綱洮兒河亦曰拖羅河源出西興安山東麓東南流有查木哈兔河自北來會查木哈兔亦與札剌馬禿音近以地勢軍程考之二河皆在左近傳下云追至那兀江卽今之嫩江亦曰諾尼嫩尼明初曰腦溫江元祕史作納浯江尤與那兀音類綽爾河洮兒河皆東入嫩江故知是也蒙古山卽蒙哥山未得確考博羅歡傳謂太祖分封東諸侯其地與戶以二十爲率乃顏得其九忙兀兀魯札剌兒宏吉烈亦其烈思五諸侯得其十一惟徵五諸侯兵自足當之何至上煩乘輿哉此傳所言東方地戶已盡於是則朮赤哈薩兒哈準兩王分地將於何屬又四月乃顏反五月帝卽親征博羅歡雖有是言殊乖廟算史傳乃津津道之誤矣鐵哥傳叛王塔不台率兵逼行在而陣李庭傳從帝親征塔不台金家奴來拒戰博羅歡傳亦有戰塔不帶事而似世祖並未親征皆非事實大約太祖諸弟斡陳那顏分地最廣轄軍最多自枯倫淖爾以東洮兒河南北嫩江東西大率屬其封境

西域書謂分地在蒙古東北面界外已無蒙古人是也忽憐傳乃顏聲刺哈兒叛世祖親征哈苔罕衆甚盛忽憐迎敵敗之哈苔罕走度猱河還其巢猱即那兀之合音即嫩江本紀至元二十二年十月塔海弟六十言今百姓及諸投下民俱令造船於女直而女直又復發爲軍工役繁盛乃顏勝納哈兒兩投下鷹坊採金等戶獨不調有旨遣使發其民亦力撒合傳二十一年改北京宣慰使諸王乃顏鎮遼東有異志密請備之二傳皆可爲證乃顏平後次年哈丹禿魯干復叛李庭傳伯帖木兒傳皆謂是諸王土土哈傳擊走叛王鐵哥擒叛王哈兒魯凡此諸王名與阿沙不花傳乃顏叛諸王納牙等皆應之阿沙不花非説納牙諸王之謀皆解史表太祖諸弟位下悉無其名不知何王之裔讀元史者所以昏瞀迷亂而無所措手也

也速該五子別勒格台子甚多薨後子札富都嗣即表之爪都惟表是孫非是子又太宗七年九年本紀即見口溫不花據表是別里古台次子然憲宗元年本紀尚見別里古帶即別勒格台則太宗時別勒格台猶在至世祖中統元年則爪都率東道諸王或爪都遥嗣其祖之位故西域書誤以爲子人謂其有百婦百子享壽甚高妻子至前有不識者呼必賚可汗命其子那木罕征海都有叛王將擒那木罕以叛札富都預謀既而札富

都歸禿格察兒請可汗置諸重典可汗謂其歷有勳勞不可殺貝勒津注原文可汗前與某某戰札富都甚出力某某字已不辨案當即阿里不哥中統三年賜廣寧王爪都馳鈕金鍍銀印及諸王合必赤行軍印合必赤大破阿里不哥軍見二年本紀必由此役之勞故同受賜合必赤在世祖朝屢著戰功而世系表無考惟分其軍遣往鄭河守護邊界鄭河不能確考常自採薪爲炊從者請代其勞謂從前有罪今當以此補過可汗查其本支有八百人可汗云哈薩兒四十子今有八百人別勒格台後人百人何以亦只八百或言於上哈薩兒後人盛別勒格台後人衰今別勒格台後王仍在可汗處供職未言後王從乃顏叛案史表別里古台曾孫徹里帖木兒襲廣寧王封爵本紀二十四年二月敕諸王闊里鐵木兒節制諸軍乃顏遣使徵東道兵諭闊里鐵木兒毋發闊里似即撒里是別勒古台後王未與叛謀西域書又未言其分地案別里古台傳以斡難怯魯之地建營以居沈垚西游記釋地謂即斡難河怯綠憐河本傳並無河字未敢言其必是地理志廣寧府路金爲廣寧府元封孛魯古歹爲廣寧王舊立廣寧行帥府專後

以地遠遷治臨潢立總管府復云有醫巫閭山爲北鎮在府城西北二十里則當在遼東本傳賜以廣寧路恩州二城以爲分地別里古台孫霍歷極以疾廢不能軍世祖俾居於恩以統其藩人今考地理志廣寧路下並無恩州凡此疑竇皆屬無從明晰自來讀元史者爲宗室世系表所誤皆以叛王乃顏爲別勒格台之後眞不白之寃矣又太祖弟四人別勒格台爲異母弟並非最幼而列序居末西域書謂異視之不與四子等殆非妄臆然史獨有傳而三王皆無傳恐以嗣王叛逆宗正削其屬籍明臣修史無所依據遂無三王傳而別勒格台獨有傳也又元史本傳其子孫最多居處近太祖行在所南接案只台營地似即言其分地案只台似即哈準大王之子

附太祖后妃皇子公主考異拉施特書云成吉思婦有五百正妻五人案五百恐是五十之訛元史四大斡耳朵此多一人

孛兒台夫人翁吉剌特氏特因那顏女祕史蒙文作孛兒帖兀眞解兀眞爲夫人西域書則逕稱夫人元史孛兒台旭眞似誤以稱謂爲名生四子五女蔑兒乞攻成吉思汗掠孛兒台而去時已懷孕蔑兒乞與汪罕交好以孛兒台贈汪罕

汪罕因與也速該爲按答收而厚撫之部下咸勸汪罕娶孛兒台汪罕不從成吉思汗聞信遣札刺亦兒八撒巴請於汪罕歸孛兒台中途朮赤生倉卒無裹兒具道遂復不平坦撒巴乃摶麪爲兒睡具挈以歸以是稱名朮赤後轄奇卜察克等地次子察合台轄突而吉斯單以至阿母河今篤哇汗及其子庫特魯克火者皆其後三子窩闊台嗣帝位其子古由克又別子之後海都別有紀四子圖里汗史作拖雷亦稱也可那顔又曰烏魯克那顔義皆謂大那顔成吉思汗常稱之曰奴可兒謂義爲從者以常在左右之故案元祕史蒙文那可兒解爲伴當即此圖里義爲鏡薨後蒙古人諱言圖里稱鏡爲庫思古無考西人謂是突厥語其子蒙哥呼必賚皆別有紀今在位者帖木兒可汗即成宗合贊汗皆其後長女火眞別姬先議配汪罕子鮮昆

之子而未成祕史桑昆子禿撒哈此作禿生布赤必有誤故刪後適亦乞剌思人孛徒古爾干古兒干義謂女壻次女扯扯干適衛剌特人忽禿哈別乞之子脫拉兒赤祕史作扯扯亦堅適亦納勒赤史表闊闊干公主適脫亦列赤祕史作亦納勒赤未是三女阿勒海別姬適汪古部主之子后奎夷哀忒鑾譯曰鎮古拉施特部族考則云姪不云子案史傳阿剌兀思剔吉忽里死於難妻子與姪避地雲中太祖既定雲中購求得之以其子孛要合尚幼封其姪鎮國爲北平王鎮國薨子聶古台襲爵尚睿宗女孛要合幼從攻西域還封北平王尚阿剌海別吉公主公主明睿有智畧車駕征伐四出嘗使畱守軍國大政咨稟而後行師出無内顧憂公主之力也孟珙蒙達備錄二公主曰阿里黑百因俗曰必姬夫人曾嫁金國亡臣白四部死寡居今領白韃靼國事日逐看經有婦女數千人事之征伐斬殺皆自己出據孟珙言則所謂畱守乃掌汪古部事非太祖本部太祖西征斡赤斤居守元祕史西游記可證別無阿剌海居守之語作此傳者誤會也史言孛要合幼從征四域歸乃尚主孟珙作備錄在辛巳歲正太祖在西域追札蘭丁之年不應即云夫死寡居哀忒鑾謂阿剌海適鎮古生子詡古台娶拖雷女今案鎮古即鎮國之訛詡古台即鎮國子聶古台尚睿宗女語同元史貝勒津譯作斤奎夷即鎮古之訛而奎

夷合音類國反覆推求必是公主先適鎮國夫死自領汪古部事其後夫弟孛要合自西域還復尚公主鎮國子聶古台爲公主出孛要合三子則公主進姬妾所生西域書但言其前元史但言其後蒙達備錄則適當其中蒙古不諱再醮理宜然也黑韃事畧白斷卜郎白韃僞太子忒沒眞壻僞公主阿剌罕之前夫此爲確證白擨卜郎白四部亦郎史之鎮國何以二名不得其考西域書謂阿剌海年在窩闊台拖雷之間則是太宗妹睿宗姊餘詳汪古部族考

四女禿馬倫適翁吉剌特人赤古古爾干原譯遺脫赤古二字據部族考補入元史本紀有赤駒駙馬親征錄作赤渠元祕史作出古史表鄆國公主位禿滿倫公主適赤窟駙馬皆郎此赤古部族考謂是阿勒赤那顏之子蓋郎國舅案陳那顏蒙達備錄三公主曰阿五嫁尚書令國舅之子又云案赤那耶見封尚書令爲成吉思正后之弟而特薛禪傳但言案陳子斡陳尚睿宗女必是史官失載阿五異名

五女阿兒塔楞亦曰阿兒無考或備錄有訛字餘詳部族考

塔魯黑適斡勒忽訥特人札弗圖兒色辰台出古爾干台出其名札弗圖兒色辰乃其稱號色辰卽祕史之薛禪聰明之謂史表某公主適塔出駙馬又某公主適塔出子朮眞伯駙馬台出卽塔出其子朮眞伯見部族考史表某公主名已缺得此可補元史餘見部族考及憲宗本紀補異

又有非正后生

之女阿勒敦部族考作阿勒敦此作伊拉勒體更誤元史作也立安敦亦作也里安敦然總不如祕史阿勒阿勒屯譯音之確畏兀兒部亦都護來歸附成吉思汗稱爲義子列第五以是女許嫁而亦都護正妻妒忌不令其娶迨正妻死窩闊台乃議遣嫁此處敘述未完詳部族考蒙韃備錄云成吉思女七人可知者僅三人今確實可徵者已得六人史表延安公主位火魯公主適哈荅駙馬祕史九十五功臣有合歹古列堅合歹郎哈荅似是太祖壻古列堅郎古爾干

次曰忽闌哈敦兀洼思蔑兒乞部長帶亦兒兀孫女生子果魯干成吉思汗愛之視如正室出果魯干四子長忽察嗣爵忽察長子兀兒圖夷嗣爵郎表之忽魯歹兀兒圖夷子額不干與乃顏等叛王作亂呼必賚可汗誅之果魯干史表作闊列堅或作曲里堅分地不可考土土哈傳有言也不干叛者土土哈郎日啟行疾馳七晝夜渡秃兀剌河戰於孛怯嶺大敗之也不干僅以身免世祖親征乃顏聞之遣使命土土哈收其餘黨沿河而下秃兀剌河當郎土拉河沿河而下當是沿客魯倫河則也不干分地似在客魯倫河果魯干從拔都征俄

羅斯受傷而卒見拔都傳此敘世系悉符史表惟言果魯干四子而表但著忽察

三曰也速凱特塔塔兒人原作別速凱特元史祕史皆作也速據以改正史表第三斡耳朵曰也速皇后第四曰也速干皇后此之別速凱特字音近也速干而增特字尾音蒙古源流作濟蘇凱恐次序誤倒詳下生子

曰察兀兒幼卒華書無考哀忒蠻譯兀察兀兒

四曰公主哈敦阿勒壇汗之女原作昆主哈敦謂是金主之女則必是衛紹王公主金史稱爲公主皇后昆主必是公主之訛貌不揚成吉思汗以其爲貴主故厚之無出阿里布喀作亂時尚在

五曰也速侖爲也速凱特妹祕史也速干云我的姐姐名也遂又云也速干將他位子讓與也遂坐了則也遂位次當在前也速干次序在後此之也速侖乃是也速干上文也速凱特乃是也遂

此外位分稍遜而著稱者一曰阿卜哈喀敦喀敦卽哈敦汪罕弟札罕不之女阿卜哈之姊妹別克土以迷失夫人適朮赤見元史祭祀志

第三室皇伯考朮赤伯妣別土出迷失阿卜哈祕史作亦巴合唆魯和克台別姬適圖里生四子憲宗本紀唆魯禾帖尼后妃表同惟禾作和祕史莎兒合黑塔尼音亦同惟云札合敢不有二女此多一女睿宗十一子此云四子蓋言其親生成吉思汗一日得惡夢因以阿卜哈賜與兀魯特八怯台那顏奩資家產悉令將去惟留一金盃及斟酒之人以爲遺念部族考亦詳載大同小異祕史載此事則爲賞功與西域所聞不同怯台卽主兒扯歹

一曰古兒八速哈敦乃蠻太陽汗之正室成吉思汗寵之照蒙古禮節成婚祕史誤爲塔陽汗母

一乃蠻女失其名從成吉思汗生子朮兒徹早卒拉施特紀太祖伐金分軍爲三之役有將主兒赤歹注曰成吉思汗幼子亦見親征錄作朮赤台此之朮兒徹必卽主兒赤而奪歹字音蒙達備錄謂成吉思子甚多長子比因破金國攻西京時陣亡今二太子卻爲大太子名約直又云劉伯林雲內人有子甚勇武沒眞長子戰死遂將長子之妃嫁伯林子哀忒蠻譯本謂乃蠻女生一子爲帝最長子曰忽兒赤惕早卒忽兒赤惕必卽朮兒徹歹之訛蒙

古子以母貴不以年齒分長幼如別勒格台亦然或者年長於諸弟而序次在正后所生子後故謂幼子通鑑續編太祖六子大太子迯赤性卞急而善戰早卒二太子察合台性愼密爲衆所畏三太子窩闊台是爲太宗四太子拖雷是爲睿宗其庶子

曰朮兒徹歹

曰郭列干

一塔塔兒女從成吉思汗生子兀魯察罕早卒卽史表次五之兀魯赤而增罕字

一哈敦爲唐古特人不知名案卽西夏國主女祕史載其名曰察合以其爲國主女故此書載之下云速哈特願得之成吉思汗卽以爲賵不解其故附錄注中

附太祖年壽考異

元史本紀太祖二十二年丁亥崩壽六十六逆推之帝生於宋高宗紹興三十二年壬午親征錄於癸亥年滅汪罕後大書特書上春秋四十二與本紀合蒙古源流亦同元祕史未言帝壽

惟記也速該卒時帝年九歲乃西域史及西域人私家著述無不謂帝生於猪年崩於猪年十三歲喪父亦在猪年壽七十三則應生於紹興二十五年乙亥烈祖之崩在孝宗乾道三年丁亥始謂其說謬妄比考孟珙蒙達備錄謂成吉思汗生於甲戌則爲乙亥上一年歲數鄰近又蒙古以草青紀歲不云幾歲而云幾草故傳述易訛若甲戌壬午上下相距九年不應舛錯至此復考陶宗儀輟耕錄元順帝朝詔修遼金宋三史楊維楨著正統辨謂宋祖生於丁亥而建國於庚申我太祖之降年與建國之年亦同宋以甲戌渡江而平江南於乙亥丙子之年我王師渡江平江南之年亦同建國庚申之說諸書無徵惟西域史詳載猴年滅泰亦赤兀敗哈荅斤諸部取威定霸固在斯時必

謂建國是年似由傳會然太祖徵召邱處機詔云七載之中成大業六合之内爲一統自庚申至丙寅卽帝位正七年鍈崖是說殆有由來非盡出於比附自來星命家占婚擇日但論年支不論年干生於乙亥乃與宋祖生於丁亥符合鍈崖此辨上之於朝斷然不敢臆撰然則元史等書未可盡信而殊方異論未可盡疑矣詳引附識以俟世之博雅君子論定焉

廣雅書局栞

元史譯文證補卷一下

太祖紀補證五十揀欠中刪

大葉大會於斡難河源即寅即帝位

小介字子由來謁見自寅即帝由來丁卯合罕於合

龠將然不道朝對然元史譯書未下舊訂由約元晃編末

曰蓋戊辰年因過以於廿以傅家民干鋪字書

元史譯文證補卷二

兵部左侍郎總理各國事務衙門行走加三級臣洪鈞撰

定宗憲宗本紀補異 皆本多桑

當太宗之崩也皇后脫列哥那稱制 元史表太宗皇后五人妃一人脫列哥那六皇后爲乃馬眞氏攝國凡四年又有禿納吉納六皇后元祕史太祖以兀都亦惕蔑兒乞部長脫黑脫阿之子忽都的妻朶列格揑與了斡歌歹西書則云烏虎思蔑兒乞部長帶兒哈孫之妃與祕史異烏虎思卽兀洼思兒祕史西書又稱其名曰土拉起納與禿納吉納音尤類而史表又皆稱爲六皇后是否重出不無疑竇西書謂太宗七子五爲后出合丹滅里妃嬪所生元史表惟載業里訖納妃子爲滅里之母 任阿不都拉蠻主財賦撲買諸路稅課 太宗本紀耶律楚材傳皆作奧都剌合蠻其撲買亦先見太宗本紀蓋西書之重言也 不喜鎭海罷其相位 西書謂鎭海爲相兼紀太宗言行如起居注之類 西域婦法特瑪徒思人太祖西征自徒思掠至和林后寵愛之太宗舊人黜者大半或謂皆法特瑪進讒

廣雅書局栞

之故親王斡赤斤忽以兵至人心震駭斡赤斤有子隨太宗居和林后亟遣往究詰其時西北軍凱旋定宗已至葉密爾河斡赤斤聞之乃曰吾來視喪非有他也遂引兵歸此事無可徵考惟元史耶律楚材傳云朝廷用兵事起倉卒后令授甲選腹心至欲西遷以避之楚材曰朝廷天下根本根本一搖天下將亂臣觀天道必無患也後數日乃定或即此事斡赤斤封於東方后欲西遷以避情事頗合楚材傳在癸卯夏正西北軍還之時時序亦合元史類編定宗本紀云議立帝久不決諸王將謀亂會雷雨大作漲水深數尺遂各散去或即癸卯之事而誤移於會議之時定宗既至后欲立爲帝待拔都來會議而拔都托病屢愆行期與後拔都傳語參觀不及待乃集諸王諾延立定宗斡赤斤亦來會西書云其子孫八十人丙午七月定宗即位西八月邊遠屬國若俄羅斯若羅姆若角兒只若法而斯若克兒漫若毛夕耳等或自來朝或遣子弟其以使臣陪位襄事者則有天主教王報達哈里發木刺夷阿

勒坡各酋長數月之內王會之盛先所未有定宗錫賚優厚妃主親王大臣并其子弟皆有賜諸翼將士賜及其家朝貢諸國犒及從者皆拖雷妃唆魯禾帖尼主其事拉施特云古余克善用財備賜之金有七萬巴立施之數徐以賦稅補虧巴立施不知何數西人疑是金錠所備之物兩次賜予猶有遺者令衆奪取以爲樂又敎王使人潑闌喀批尼云鄂爾多旁有小山駐車五百乘皆金銀緞帛各賜物出於目擊語當不誣定宗首究斡赤斤稱兵之事而不顯言令親王蒙哥鄂爾達往按鄂爾達當即拔都之兄拔都遣以東來見拔都傳戮其官屬數人餘置不問定宗即位後數月太后脫列哥那崩六皇后之崩元史失載定宗本紀元年則云帝雖御極而朝政猶出於六皇后觀西書此語及以下諸事則六皇后未久卽歿似非妄語元史后妃表注云至元二年追謚昭慈皇后而后妃傳乃云至元二年崩追謚升祔恐是撰皇后傳者誤會妄增崩字后之攝國也法令廢弛諸王徵求無藝屬官因緣爲姦至是始申禁拖雷妃及子獨不效尤故定宗禮重之殺

阿不都拉蠻可補元史之缺仍以牙剌挖赤主財賦其子馬思忽惕治突而基斯單撒馬爾干等地皆錫金獅符西書謂后攝國時馬思忽惕逃往拔都處不知何故當是其父被斥其子畏波及或亦被斥故逃也復以鎮海爲丞相此見鎮海傳諭報達使人法克哀丁歸告其主遇蒙古人無禮如不改行將致兵禍木剌夷使人不見禮而遣歸察合台後太宗數月卽薨薨後其孫合剌旭烈監國誤阿圖堪之子定宗以傳孫而不傳子爲非合察合台子也遠蒙哥嗣位西書作也生蒙哥音未爲異惟合剌旭烈作喀喇忽拉古則異矣遣兵征高麗本紀不載惟高麗傳云定宗憲宗之世歲貢不入故自定宗二年至憲宗八年凡四命將征之所紀年分亦合遣察罕伐宋西書又有速不台案速不台傳丙午定宗卽位既朝會還家於禿剌河上戊申卒西書殆誤故刪察罕傳定宗卽位賜黑貂裘一鑌刀十命拓江淮地則確有兵命矣命野里知吉帶征西域於諸王部兵十中抽二本紀云率拙思蠻部兵征西拙思蠻似是部名而無可考親征錄太宗卽位先一年戊子太宗

皇帝與太上皇共議㮴力鸞復征西域㮴力鸞似卽㮴思鸞藂古謂八曰乃鸞疑是十中抽二餘八之謂作㮴力鸞字音似尤切合姑存此說以質知者至太宗卽位四征不庭西書亦言諸王部兵十中抽二非止此也西域屬邦羅姆角兒只毛夕耳的牙佩壳耳阿勒坡皆轄之取貢賦以供用西域東境屬阿兒渾定宗謂野里知吉帶我將自往汝爲前鋒西域婦法特瑪行巫蠱術害皇弟闊端事發極刑處死西書云法特瑪仇怨甚多有撒馬爾干人名曰希雷訴其巫蠱皇弟闊端之病皆其所爲闊端亦遣人來告我爲其所厭禳如死必誅其人未幾闊端竟卒鎮海請於定宗刑訊之以綫縫其周身孔竅氈裹而投之河隨從婦女皆死居無何又有人訴希雷厭禳定宗子忽察亦戮之并其家屬案蒙古本信巫憲宗初卽位亦有厭禳之獄定宗后至賜死事當不誣西書稱闊端音似庫灘忽察音似火札

三年戊申以疾西巡葉密爾河爲潛邸時湯沐地西書云定宗自謂此處水土宜於我體沿路犒賞無算拖雷妃唆魯禾帖尼以定宗與拔都有隙今且西行使告拔都宜善自備拔都乃東來迓之定宗在

在途西距別失八里七日程病作而崩壽四十三本紀帝崩於橫相乙兒之地不知何地今考西書略得方向惟紀二年秋即云西巡疑元史有誤定宗嚴重有威在位未久不及設施惟皇后聽政時君權下替定宗既立乾綱復歸於上手足有拘攣病好酒色常以疾不視事事多決於大臣鎮海喀達克二人拉施特志費尼並云二人皆信天主教常以是勸定宗定宗之醫官亦天主教士其時西里亞阿速報達俄羅斯之教士皆東來傳教語出於天方教人斯爲可異喀達克無考惟憲宗元年以葉孫脫等務持兩端坐誘諸王爲亂並伏誅內有合荅之名或即此喀達克其被殺事見下定宗崩皇后斡兀立海迷失西書作烏古勒凱迷失謂是衛拉特部長庫都喀之女此可以補后妃表庫都喀即忽都哈之異譯祕史作忽都哈別乞別乞係稱謂非名暫不發喪亟先赴於唆魯禾帖尼及拔都處自請攝國以待立君拔都允之其時拔都東迎定宗已至阿勒塔克山聞信乃召諸王大將來會自驛至阿勒

塔克以待阿爾泰山西支巴勒喀什淖爾西北之山西圖謂之阿勒塔克以別於阿爾泰實卽阿勒泰克四字讀泰克不順口變爲塔克蒙古語多有此變音似非西人𠜂稱亦作阿拉塔克亦云阿拉克圖憲宗本紀諸王大將初會於阿剌脫忽剌兀之地蒙古謂山曰敖拉亦云襖兀剌見明茅元儀武備志所謂忽剌兀或卽敖拉言山或山下地名而阿剌脫之卽阿勒泰證以西書當無疑義諸王謂會議宜在東方不宜在西土多不至比及會期大半朮赤拖雷後王無太宗後定宗后亦僅遣使預議本紀使者八拉西書則使者帖木兒云先爲和林總管語異又本紀諸王拔都木哥阿里不哥唆亦哥禿塔察兒今元史改本以唆亦哥爲一人禿塔察兒爲一人表傳無徵案塔察兒當卽斡赤斤位下塔察兒國王元年再來會七年卒諸軍南征圍樊城其名屢見憲宗世祖本紀禿字應屬上作唆亦哥禿或卽憲宗第十弟歲都哥必求其人以實之此爲近似木哥卽憲宗九弟末哥也阿里不哥憲宗七弟西書云大半朮赤拖雷後人語頗合野里知吉帶自西域來會𠜂議遵太宗命立失烈門今改實勒們西書音似失拉門時忽必烈在坐作而言曰太宗既欲立失烈門而汝輩輔立定宗豈太宗命耶阿兒塔隆

廣雅書局栞

爲太祖愛女卽有罪當集宗親會訊而後定讞乃不問供狀卽殺之又豈太祖太宗舊典耶此事華書無徵其駙馬日札費兒薛禪見公主表補今日之事獨以太宗命爲詞何也言者語塞案本紀卽與忙哥撒兒傳異西書又異蓋會議時人衆語多各就所聞紀之各不同如此惟大致同耳是時定宗長子忽察亦冀得父位而太宗後人多不愜衆望太祖臨崩分其部兵於子弟拖雷以幼子所得獨多西書謂蒙古風俗父之遺產幼子多分太祖部兵十二萬九千人拖雷得十萬一千尤赤察合台窩闊台位下各得四千太祖幼子曲里堅亦四千弟哈準三千斡赤斤五千搠只哈薩兒之子一千太祖母訶額侖三千案太祖幼子乃是曲里堅以非正后所出故拖雷以次居幼拖雷常從太祖左右佐治兵事分軍固宜多也諸將帥大率舊部拖雷薨後蒙哥諸弟尚幼事皆決於唆魯禾帖尼有才智能馭衆亦與拔都相親厚故衆望屬於蒙哥別有人建議拔都最長當立拔都不可衆曰王既不自立惟王審擇一人早決大

計拔都乃曰今吾國家幅幀甚廣非聰明睿知能效法太祖者不可爲主我意在蒙哥羣應曰然蒙哥再三讓其弟末哥曰西書音似末嘎衆謂惟拔都言是聽兄無異詞今奈何不從拔都言拔都曰末哥言是也議遂定且議明春再會於斡難克魯倫兩河之源太祖肇基之地皇后使者歸報后與二子忽察腦忽大不悅西書腦忽音似郛古遣使告拔都會議非地宗王未集義不能從拔都謂明年再會於東太祖太宗大業未可輕授君位已定請屈意相從遂令弟伯勒克脫哈帖木兒本紀元年西方諸王別兒哥脫哈帖木兒別兒哥今改伯爾克是也西書脫哈音似托喀仍是哈喀異譯將大軍衞蒙哥而東自駐於西以備非常二次之會唆魯禾帖尼爲主召集諸王大將而太宗定宗後王察合台後王也速蒙哥皆不至拔都屢使往勸仍不納伯勒等以

久待爲憂請命於拔都拔都乃申令於衆定立蒙哥宗親中梗議者有國典在既而東方親王搠只哈薩兒哈準斡赤斤後王咸集本紀東方諸王也古脫忽亦孫哥按只帶塔察兒別里古帶按元史表搠只哈兒位下也苦脫忽移相哥即也古脫忽亦孫哥三人搠只哈兒奪薩字表之誤哈準位下按只吉歹即按只帶鐵木哥斡赤斤位下塔察兒即此塔察兒別里古帶改本作伯勒格台爲太祖弟案伯勒格台不過少太祖數歲特以庶母所出故列於末太祖崩至是已二十五年是否尚存殊不敢必又別里古台孫滅里吉歹見史表或即別里古帶亦遣使往勸失烈門忽察腦忽三王允往猶未至而擇日已定不及待遂奉蒙哥即位是爲憲宗時年四十有三本紀六月即位西書七月初一日即位即位之日親王列右妃主列左憲宗七弟列前史表睿宗子十一人有二人失其名次二忽覩都亦無後蓋皆早夭故憲宗即位雖弟七人武臣以忙哥撒兒爲首文臣以孛爾該爲首本紀元年以孛魯合掌宣發號令朝覲貢獻及內外聞奏諸事西書云以孛爾該爲大筆帖齊職視大學士孛爾該當即孛魯合筆帖齊即必闍赤西書

又云其人奉訥司托耳天主教即唐之景教禮成大宴七日正燕樂時御者克薛傑上變謂以失騾出覓道遇車乘甚衆一車折轅其御東縛之誤以爲同伴呼使助則見車中藏兵甚多詰而問之其御曰汝車同我車何問爲益詰之更詢他車始知失烈門忽察腦忽三王以朝會爲名將乘飲宴不爲備作亂故亟馳返以告憲宗乃令忙哥撒兒率兵往覘止其衞士令各從二十人入謁具貢物凡九所謂九白之貢是也阿卜而嘎錫云蒙古尚九故餽禮亦從九數其制出於突厥御者上變案忙哥撒兒傳憲宗既立察合台之子及按赤台等謀作亂刳車轅藏兵其中以入轅折兵見克薛傑見之上變忙哥撒兒即發兵迎之按赤台不虞事遽覺倉卒不能戰遂悉就擒西書所敘略同而情節加詳克薛傑西書作怯克薛傳云察合台之子及按赤台等案察合台後不附憲宗者其子也速蒙哥其孫不里未來會蓋預謀也按赤台必非本紀東方諸王之按只帶本紀爲亂伏誅者有按只解當即其人似非宗王本傳亦未言其爲宗王而元史類編竟云宗王按赤台等謀作亂朔方備乘忙哥撒兒傳本之未是本傳忙

廣雅書局栞

哥撒兒既卒帝詔曰察合台阿哈之孫太宗裔定宗闊出之子及其民人越有他志所謂察合台孫蓋指不里太宗之裔定宗闊出之子卽指忽察腦忽失烈門等與西書相合本紀云失烈門及諸弟腦忽等心不能平有後言帝遣諸王旭烈與忙哥撒兒帥兵覘之諸王也速忙可不里火者等後期不至遣不憐吉解率兵備之當日直係謀逆非止後言也速忙可卽也速蒙哥火者當卽忽察雖所述各異而互較參觀酌中以斷西書敘次似爲清晰又法王使人路卜洛克於憲宗三年至和林其所記載與拉施特志費尼二人相同益當可據始至時猶令與宴越日拘係憲宗自鞫之皆堅謂無逆謀刑訊失烈門從官乃吐其實而自剄以死復令忙哥撒兒訊諸從官咸辭伏憲宗以初卽位不欲多行殺戮衆以爲未可正猶豫間牙刺挖赤立於門外呼以入問曰汝老成人更事已多何獨無言對曰臣西域人也請得言西域事昔者希臘王阿來三得名見瀛環志略已滅波斯欲入印度而將領中多異議令出不行阿來三得遣使詢於其傅阿里斯托忒爾爲古時西域負

（盛名之人）使者致命阿里斯托忒爾無言惟與使者游園選林木之薮觀眺凝行路者悉令從人芟伐拔掘易以新株使者悟歸報阿來三得乃誅逐諸不從令將領更易其位遂平印度而回於是憲宗意決殺三王之黨煽亂謀逆者凡七十人野里知吉帶二子亦同謀皆以石子塡塞其口而死野里知吉帶已往西域遣人追及於八脫吉斯之地獲之以付拔都置諸死（本紀冬以宴只吉帶違命遣合丹誅之仍籍其家卽此八脫吉斯在阿母河東南見西域下傳）遂改更庶政分命職官（與元史本紀所言略同不載）禁諸王徵求貨財馳使擾民禁使者强取民馬非驛路所經勿行自太宗時始凡商賈售貨朝廷皆得馳驛至是中禁代償定宗及定宗后與子虧欠商貨銀五十萬（書云巴立施當是五十萬錠非五十萬兩）依太祖太宗舊制免者老丁稅釋道等教亦然惟猶

太教人不在此例從阿兒渾之言改定西域賦則牛馬稅百取一不及百者免二年春皇太后客列亦氏崩葬睿宗墓旁拉施特云唆魯禾帖尼信天主教而待天方教人亦厚布哈爾教人議建書院助以黃金一千巴立施故此書院名曰喀尼譯義為后猶言皇后之書院也生徒千人輿論稱頌太宗亦雅重其人常與議事居於第四子阿里不哥處地近阿爾泰山拖雷墓在太祖墓側至和林究厭禳之獄以定宗后失烈門母付忙哥撒兒盡法鞫治得實裹以氈投諸河見本紀殺定宗后用事大臣即鎮海喀達克二人書謂行刑殺鎮海者丹尼世們哈尤魄其名見西域下傳而元史鎮海傳但言其卒未言伏法事異以太宗孫不里付拔都不里曾於酒後詈拔都至是拔都殺之以忽察腦忽失烈門三王皆由其母嬀惑得免死遷忽察於和林西蘇里該之地未詳謫腦忽失烈門為兵弁蒙古語所謂探馬赤祕史太宗怒古余克謂教邊遠處去做探馬赤攻取堅城受辛苦者元史語解改探馬赤為特默齊謂係牧駝人之稱恐未足以盡其義本紀謫失烈門也速孛里等於

沒脫赤之地沒脫赤無考恐即是探馬赤其言地者猶言遠地之兵弁譯者誤以爲地名耳其後忽必烈伐宋請於憲宗使失烈門從軍效力迨憲宗自將南伐仍投失烈門於水分遷太宗後王定其封地太宗舊部軍別擇親王將之以防其擁衆爲亂惟太宗子合丹蔑里太宗孫闊端太子之子翊戴無二心未奪兵柄仍得分太宗諸后妃家貲案本紀二年分遷諸王曰合丹曰蔑里皆太宗子曰海都曰脫脫皆太宗孫曰別失八里地即今烏魯木齊曰葉兒的石河即也兒帖石河曰海押立曰葉密立兩地別有考皆在太宗分地及其附近並未遠徙特爲之分定疆界耳紀又云蒙哥都及太宗皇后乞里吉忽帖尼於擴端所居地之西擴端即闊端蒙哥都則闊端之子西方何地無考計亦非甚荒遠不明其地又泥於元史文義一若盡投之遠方也者未爲是也本紀元年遣合丹誅宴只吉帶三年以合丹爲札魯花赤八年九年諸王蒙哥都攻渠州禮義山竊疑皆太宗後王可就西書以窺測元史至紀云遣別兒哥於曲兒只地此別兒哥不知何人今改伯勒格台則爲太祖弟不稔是否案多桑地圖女直之地稱曰曲兒只祕史蒙古譯文稱女直曰朱里扯䚟曲兒只即由朱里扯而訛遣貝喇往察

合台藩地究違命諸臣此貝喇未知即入印度之八刺否亦遣使至漢地凡附太宗後者皆逮究乞兒吉思謙謙州等處皆遣兵巡察拉施特云自此蒙古內亂以萌失成吉思汗睦族固本之訓命察合台孫忽刺旭烈殺其叔也速蒙哥代其位奉命而行未至而卒忽刺旭烈妃倭耳干納行帝命殺之自監國者九載西書謂也速蒙哥性耽麴蘗事皆決於其妃賞御者克薛傑功封爲荅刺罕明武備志頭目曰打刺汗元史語解改達爾罕爲凡有勤勞免其差役之謂又案啟昔禮亦封荅刺汗見西游錄元史列傳有荅刺罕爵者甚多罕即汗恐兼頭目之名非止免其差役初政大定乃散遣來會諸王厚貺伯勒克脫哈帖木兒遣歸

元史譯文證補卷二終

元史譯文證補卷三

兵部左侍郎總理各國事務衙門行走加三級臣洪鈞撰

后妃公主表補輯 此本多桑與拉施特書互有歧異兩存之以俟考

烈祖宣懿皇后訶額倫斡勒忽訥氏 元史作月倫西域書作烏倫與祕史之訶額倫相類自是祕史音確斡勒忽訥亦見祕史蒙古源流作郭勒郭諾特西域書作烏而忽奴特三書相較應從祕史語尾特字可省西域書謂是宏吉剌特之分部案祕史也速該挈太祖往其母舅斡勒忽訥氏處求親到扯克撒兒山赤忽兒古山之中間遇翁吉剌人德薛禪問曰也速該親家何往可見二族居地相近而稱以親家殆因訶額倫為其同族之故足可為證西域書又云烏倫釋義為雲與元史語解同

太祖光獻皇后孛兒台宏吉剌氏 元史作孛兒台旭眞案明茅元儀武備志韃靼稱女子曰聶琴即旭眞也蒙古文往往有此聯屬之語如親征錄之帖木眞斡怯祕史之帖木眞兀格下二字皆非其名譯者未言其故作史者誤以為名應去尤赤察罕台窩闊台拖雷皆其所出元史表太祖后妃共三十九人西域書未備載但云正后五人孛

兒台爲之首

餘四后列下

忽蘭皇后蔑兒乞氏見元史表帶兒兀孫之女見親征錄祕史生子曰格兒干蓋即元史之闊列堅太子也或作曲里堅

也速干皇后塔塔兒氏生烏察兀兒早卒太祖次五子兀魯赤無嗣似即此祕史稱也速干同元史蒙古源流作濟蘇凱

也遂皇后塔塔兒氏也速干之姊事見祕史

古楚皇后女眞人完顏氏金史宣宗本紀衛紹王公主元史稱歧國公主以元史表較古楚之音無一合者金史稱爲公主皇后古楚豈公主之訛耶后壽高阿里不哥據和林叛時后尙在無出以上五后西域書列之正宮以下四人則妃嬪中之著稱者

一妃乃蠻人失其名生一子爲太祖最長子曰忽兒赤體早卒蒙達備錄云成吉思子甚多長子比因破金國攻西京時陣亡今二太子卻爲大太子名約直又云劉伯林雲内人有子甚勇

忒沒眞長子戰死遂將長子之妃嫁伯林子孟珙此語不爲無因納直即朮赤

一妃塔塔兒人失其名生子曰烏拉察罕早卒兀魯赤與烏拉察罕字音尤近疑前之烏察兀兒非即兀魯赤也

一妃乃蠻塔陽汗之哈敦曰古兒八速親征錄作菊兒八速祕史作古兒別速西域書字音互有異同從其同者祕史謂是塔陽汗母親征錄謂是妻西域書同親征錄按若是母則年已長太祖未必納諸後宮自是祕史之誤惟太祖納之則僅可證諸祕史

一妃西夏國主女失其名祕史載其名曰察合合字旁注中字則當讀如哈

光獻皇后生女五人長火阿眞別吉祕史作豁眞親征錄作火阿眞元史火臣音似未足適亦乞剌斯部長孛徒具見元史表傳次徹徹干謂適衞拉特部長忽都哈別吉之子土拉而吉此惟祕史有之女名扯扯亦堅駙馬曰亦納勒赤按元史表延安公主位有闊闊干公主適脫亦列赤駙馬字音皆近似即此西書之土拉而吉當即亦納勒赤之訛三阿剌海別吉元史傳謂適汪古部長阿剌兀思剔吉忽里之子孛要合表同西域

書謂適其姪鎮古生子名訥古台尙拖雷女案阿剌兀思剔吉忽里既死於難妻子與姪避地雲中太祖既定雲中購求得之以其子孛要合尙幼封其姪鎮國爲北平王鎮國薨子聶古台襲爵尙睿宗女孛要合幼從攻西域還封北平王尙阿剌海別吉公主公主明睿有智略車駕征伐四出嘗使留守軍國大政咨稟而後行師出無內顧憂公主之力也蒙韃備錄則云二公主曰阿里黑百因俗曰必姬夫人曾嫁金國亡臣白四部死寡居今領白韃靼國事日逐看經有婦女數千人事之征伐斬殺皆自己出據此則元史所謂留守乃是掌汪古部事非太祖本部史文之誤會也史言孛要合幼從征西域歸乃封王尙主而孟珙之使蒙古作蒙韃備錄在辛巳歲正太祖在西域追札蘭丁之年不應卽云公主夫死寡居西域書之鎮古卽鎮國之訛訥古台卽聶古台尙睿宗女語同反覆推求必是公主先適鎮國夫死遂自領汪古部事繼而夫弟孛要合自西域還復尙公主鎮國子訥古台爲公主出而孛要合之三子則公主進姬妾以生西域書但言其前元史但言其後而蒙韃備錄則適當其中蒙古不諱再醮理宜然也白四部之名無可比附西域書謂太祖欲以女適阿剌兀思剔吉忽里辭以年老請以兄子訂婚阿剌兀思之兄先爲汪古部主汪古部爲金守長城邊界兄死弟嗣而金主仍禮遇其兄子蒙韃備錄所以云金國亡臣也汪古之義爲邊牆云是契丹語蓋卽金語史言金源氏塹山爲界阿剌兀思以一軍守其衝要語同西域書紀阿剌兀思死難之

事與元史異語繁不載又云阿剌海別吉年歲在窩闊台拖雷之間蓋太宗妹睿宗姊

四禿馬倫謂適鴻吉拉特部長阿赤諾延之子曰愼古阿赤本名荅兒吉古爾干人皆稱爲阿赤諾延禿馬倫年長於拖雷愼古後率鴻吉拉人四千駐守禿馬特之地案之各書全無證據及考蒙達備錄云三公主曰阿五嫁尙書令國舅之子又云按赤那耶見封尙書令乃成吉思正后之弟因而恍然阿赤諾延卽元史之按陳諾延其子愼古史傳無徵然蒙達備錄明言三公主嫁國舅子而特薛禪傳徑言按陳子斡陳尙睿宗女必是史官失載元史表鄆國公主位禿滿倫公主適赤窟駙馬未言何帝之女而禿馬倫禿滿倫譯音悉合愼古赤窟轉音相通元史太祖本紀有赤駒駙馬親征錄作赤渠祕史卷十三蒙文稱出古尤與愼古近合元史特薛禪傳賜號國舅按陳諾延邵遠平元史會編於按陳從征伐有功賜號諾延下注曰譯言國舅也案諾延爲官長之稱並非國舅當是按陳爲國舅是則按陳並非其名荅爾吉古爾干此說大可備考

五阿兒塔隆或作阿兒塔魯罕適斡勒忽訥部長泰赤子札費兒薛禪爲宣懿太后之姪謂太祖最愛此幼女定宗時以事賜死見憲宗本紀補異無可稽考

非正后出之女也立安敦巴而朮傳作也立安敦祕史作阿勒阿勒屯西域書作阿勒敦今姑從史表適畏兀兒國主巴兒朮阿兒忒的斤詳元史本傳

西域書謂未成婚先卒附見畏吾兒耀地元史會編引蒙韃備錄云太祖女七人而可徵者僅三人今共考得六人

元史譯文證補卷二終

元史譯文證補卷四

兵部左侍郎總理各國事務衙門行走加三級臣洪鈞撰

朮赤補傳

朮赤太祖長子母光獻翼聖皇后孛兒台祕史台作帖微異又元史作孛兒台旭眞祕史無旭眞初孕時蔑兒乞人修宿怨來掩捕太祖匿於不兒罕哈勒敦山未被獲獲孛兒台而去太祖乞師於客列亦部長汪罕復得札只剌部長札木哈助兵乘夜縛筏渡勤勒豁河襲敗蔑兒乞奪孛兒台以返既而舉子名之曰朮赤朮赤者蒙古語謂客也然卒以是見輕於諸弟仲弟察合台尤與不協至詈之爲蔑乞兒種云此據祕史祕史未言朮赤之生而揆情度事必在斯役之後或謂孛兒台有姊爲汪罕妃烈祖又嘗有德於汪罕故聞太祖之訴即脅蔑兒乞

歸孛兒台未被掠時孕已數月比在歸途朮赤生倉卒無襁兒具乃摶麪如盤形置於騎以載歸太祖喜曰此不速之客也故名曰朮赤（此據拉施特阿卜而嘎錫案汪罕蔑兒乞皆與太祖所居不甚遥遠計被掠至歸不過數月之期如西書所云則龍種更無疑義名爲朮赤亦有由來然祕史敘此事端緒分明其後又有察合台一言爲譖遂成疑案雖太祖亦噤不發聲欲斥祕史而從西書苦無他書爲助専從祕史又恐誣蠛與王西人之考元事者實繁有徒從無言朮赤非太祖眞子者則拉施特作史之功也兩存其說庶乎其可）朮赤自幼從父備歷艱苦太祖開國四征不庭靡役不預（阿卜而嘎錫云乃蠻之役朮赤爲右翼多桑未載此語附錄於此）性卞急驍勇善戰（語本元史類編）將領多服其能不嗜殺嘗攻塔塔兒人俘獲得生者逾半（拉施特云太祖不以爲然）太祖二年丁卯領右軍往征和林西北部族以不哈爲鄉導斡亦剌部長忽都哈別乞迎降遂引軍徰土綿斡亦剌於失黑失特之地於是斡亦剌（句）不里牙特巴兒

渾句兀兒速特哈卜哈納思句康哈思諸部族悉降西書未言朮赤但云衛喇特不戰而降本紀斡亦剌之降在三年而乞力吉思之附在二年考之西圖應從祕史先定斡亦剌由東而西軍程乃合蒙古謂萬曰土綿祕史語解作萬斡亦剌不合應從譯文作土綿祕史又作斡亦剌惕今改衛喇特卽厄魯特西域書亦稱衛喇特謂謙河之源有八河衛拉特居於左近其東有烏拉速特帖楞郭特客失的迭三族居拜喀勒湖西與衛喇特乞兒吉思爲鄰案烏拉速特卽祕史之兀兒速特帖楞郭特當卽田列克見下客失的迭亦見下又云湖東有庳里廓拉施不里牙特土默特四族總名之曰巴兒古特案不里牙特見上土默特卽禿馬見下巴兒古當卽巴兒渾西書雖謂是總名蒙古或有分別太祖本紀莫拏倫之幼子納眞於八剌忽民家爲贅壻八剌忽亦卽巴兒古詳見太祖本紀譯證復招下乞兒吉思部祕史作土綿乞兒吉速勒因末有勒字音故思變爲速土綿謂萬言其衆也多桑考得此部居地甚廣在昂可拉河之西阿爾泰山之北偏東乃蠻在其東南謙河謙州在其境內俗雖游牧亦有城郭蒞元代西國人奉使至元迭中備記各部族故所得爲詳詳見西北地附錄酋長也迪亦納勒卽元史野牒亦納里阿勒迪額兒卽元史阿里替也兒斡列別克的斤望風歸款多桑引拉施特云乞兒吉思人稱其酋長曰伊納耳

廣雅書局栞

卽祕史之也納勒又云內分數國一國名哲甯俺別提其酋長名則原書字跡模糊不辨一國名別提烏倫或作別提阿福隆其酋長名烏洛斯伊納耳又云乞兒吉思與肯肯助克分兩酋長轄治肯肯助卽元史謙謙州**獻白海青白鶻馬黑貂等方物**本紀云獻名鷹拉施特云白眼鷹阿卜而嘎錫云鷹眼鷹足赤色西書年分爲太祖二三年與元史祕史合

復降失必兒句**客思的音**失必兒當卽鮮卑之異譯今俄國名烏拉嶺一帶曰西悉卑爾黑龍江一帶曰東悉卑爾或作錫伯利審音考地皆屬鮮卑多桑地圖乞兒吉思直北有依必兒悉卑利部必卽此失必兒惟依必兒不得其解元史土土哈傳先世徙居玉里伯里山玉里伯里與依必兒悉卑利字音相近下文云號其國曰欽察則在烏拉嶺西俄人所謂西悉卑爾非此之失必兒也又也兒的石河東托博爾斯科之南三十二華里舊有悉卑爾城向屬元代後王明萬麻九年俄將亦耳馬克攻下之今城址尙存雖亦非此之失必兒而皆可爲稱名之證客思的音當作客失的迷蒙古語末一字往往改易其音祕史此類甚多

巴亦特禿哈思句**田列克**元史列傳石抹阿辛迪列紇氏歲乙亥率北京等路民萬二千戶來歸迪列紇似卽田列克然以下所云則此部人不應遽入中原只可存以備考

脫額列思句**塔思巴只吉等族皆林木中種人蒙古語謂槐因**

亦而堅者是也槐因謂林木亦而堅又作亦而干亦而根皆謂百姓師旋太祖以忽都哈別乞先來歸以皇女扯扯亦堅妻其子亦納勒赤以朮赤女豁兒哈此據祕史譯文語解作豁雷罕恐誤妻亦納勒赤之兄以上皆本祕史朔方備乘朮赤傳亦本此

太祖六年辛未伐金朮赤與弟察合台窩闊台分循雲內東勝武朔等州下之八年癸酉復與弟爲右軍循太行而南取保遂安肅安定邢洺磁相衞輝懷孟掠澤潞遼沁平陽太原吉隰拔汾石嵐忻代武等州此據元史十一年丙子從太祖北還先是乞兒吉思與禿馬皆已歸附西書作土默特部祕史之禿馬惕朔方備乘謂吐麻當在今俄羅斯白哈兒湖左右太祖南征時乃蠻酋古出魯克襲據西遼誘結諸部以謀蒙古此據阿卜而嘎錫其說最爲按切時勢祕史但云豁兒赤亦激變事所容有今融會兩說而並存之而蒙古諾延豁兒赤索美女三十於禿馬禿馬怒囚豁兒赤叛蒙古以應

古出魯克太祖十二年命將往征元史親征錄西書載征禿馬皆在丁丑而祕史誤繫於朮赤收附斡亦剌乞兒吉思等部之後伐金之前細審其由蓋因朮赤兩至乞兒吉思第二次師由禿馬而起而祕史只志一役是以致誤徵兵於乞兒吉思不從亦偕諸部叛去乃命朮赤往討親征錄西書並同仍以不哈為先鋒戰勝遂北至亦馬兒河還至謙河涉冰北行親征錄云以不花為前鋒追乞兒吉思部至亦馬兒河而還大太子領兵涉謙河水順下招降克兒為思等部亦馬兒河無考或即葉密爾河見葉密爾考葉密爾河濱有葉密爾城見耶律希亮傳劉郁西使記作業滿是知葉密亦馬音近易訛謙河在唐努山北發源自東向西流轉而北流入今俄界為葉尼塞河若亦馬兒河即葉密爾則是遠追至西南還軍東北涉西流之謙河既渡河後仍循河之北流以行故曰涉謙河水順下以此註親征錄字字皆有下落當不謬也履冰過謙河見西書盡降克兒為思憾哈思帖良兀客失的迷等種族元史類編引大方通鑑云朮赤伐烏思憾哈納思帖良兀客失的迷火因亦而干等部皆降之時太祖十二年丁丑歲事案元史西北地附錄注有烏斯即烏思憾哈納思當即上文哈卜哈納思憾哈思即上之康哈思也帖良兀即田列克也火因亦而干即槐因亦而

堅義見前惟克而爲思無可比附朔方備乘謂即乞兒吉思然上文已云追至亦馬兒河而還不應複出疑是脫額列思之訛或爲乞兒吉思之別部西書固言乞兒吉思非止一國也統計種名大率於上文相同必是前此已降復從乞兒吉思以叛故前云亦偕諸部叛去非臆撰也當古出魯克之遁也兒的石河也與蔑兒乞部長脫黑脫阿偕太祖三年師至也兒的石河敗其衆殺脫黑脫阿古出魯克西遁西遼脫黑脫阿子忽都等南遁畏兀兒遣使先往亦都護殺使起師與戰於襜河親征錄作嶄河無考忽都等遂西遁至是太祖命哲別征古出魯克命速不台征蔑兒乞製鐵車以賜曰蔑兒乞吾深仇也敗而遠遁如馬帶竿如鹿負箭若飛汝作鷹鸇若入穴汝作鋤若入海汝作網與汝鐵車以堅汝志朔方備乘據祕史語意以成文甚合今全錄之惟脫脫中流矢而死元史祕史親征錄皆同而何氏仍云脫脫西遁未免失考西書作托克塔與脫黑脫阿尤叶故知祕史譯音之確西書紀速不台之師爲太祖十一年與速不台傳同親征錄在十二年丁丑

亦合祕史云牛兒年不誤而繫於丙寅即位之前則誤矣速不台既受命軍經阿爾泰山及之於吹河祕史言古出魯克至垂河與合剌乞塔相合又言速別額台窮絕蔑兒乞於垂河必即吹河速不台傳作蟾河即吹河之轉音西遼建國近接吹河固知是也西書云速不台攻托克塔子弟於阿爾泰山軍至鄭河阿爾泰山甚長鄭河即吹河之訛互較參觀西遼在吹河南境蔑兒乞當在吹河北境皆別速不台分路南北並入而朮赤則在乞而吉思一帶爲後援太祖用兵如神史官贊美信無溢詞盡滅其衆速不台傳謂追入欽察乃至烏拉嶺西孤軍深入必無是理中西各書皆無佐證脫黑脫阿有子善射有默兒根之稱速不台生擒之祕史脫黑脫阿三子皆著其名親征錄有四子而無名元史巴而朮阿兒忒的斤傳亦言四子皆有名惟赤老溫與祕史合餘皆不合西書是役亦有四人惟一爲托克塔之弟曰庫都則又歧異矣西書於忽音每誤成庫當即忽都又云庫都與托克塔二子皆陣亡一子庫圖堪善射有默而根之名西書汗字每誤堪音又恐是忽都汗也不得已而盡沒其名但著其事默而根見元史語解時朮赤以討乞兒吉思等部駐師西陲速不台獻諸朮赤命以射首矢中的次矢劈前矢之筈而亦中的朮赤大喜

馳使告太祖請赦太祖曰蔑兒乞吾深仇留善射仇人將爲後患仍令殺之太祖十四年己卯親征西域朮赤將兵以從下八兒眞養吉干𤄃的等城此役之先西域王在錫爾河與蒙古軍戰阿卜而嘎錫謂係朮赤考之元史祕史又疑是速不台之師吹河下流將入渾爾之處距錫爾河已不甚遠拉施特未言是朮赤故僅附見於西域傳注中今亦不以入傳十五年庚辰秋與察合台窩闊台攻西域烏爾鞬赤都城久不下十六年辛巳太祖改命窩闊台總制諸軍始克其城察合台窩闊台南赴塔里堪與太祖會師語詳西域傳親征錄所紀時序皆合西書惟皆下一年時太祖將命哲別速不台北征奇卜察克循裏海之西以往而大軍皆在東南不相應乃命朮赤仍東駐鹹海裏海間以遙爲聲援西書亦未見及此意但云朮赤未來耳觀地圖則裏海東萬不可無此一軍非惟固南軍後路且爲西師援兵哲別補傳有齊師於朮赤一事此其確證太祖用兵如神未學兵法而全合兵法所以愈譯西書而愈有味也

十七年壬午西域悉定太祖北歸朮赤自以與弟不睦拉施特云惟拖雷友愛長兄已所封地遠在異域怏怏不樂太祖至錫爾河屢召來會以疾不至十九年甲申哲別速不台既平奇卜察克復敗俄羅斯之軍擒計薇南部主拙爾尼哥部主皆名穆斯提斯拉甫獻諸朮赤誅之詳哲別傳朮赤遂自錫爾河北儻塔之地地未詳西踰烏拉嶺至奇卜察克東境轄治所部朮赤拔都鄂爾多皆在布而嘎爾奇卜察克境內蒙古源流謂在俄羅斯地方卽汗位大誤其時奇卜察克西境未盡平定令哲速二將班師朮赤未久旋薨或謂太祖十九年或謂二十年壽四十八或四十九太祖東行召朮赤未至繼又命其西平布而嘎爾卽西北地之不里阿耳奇卜察克俄羅斯拉而開斯卽西北地之撒耳柯思等部未定之地而朮赤稱疾不行太祖滋不悅二十年乙酉太祖既還行宮有

蒙古人自西來詢以朮赤之疾則云但見出獵未聞有疾太祖大怒命察合台窩闊台率兵往逮問無何蠹信至太祖大慟欲治其人妄言之罪而已逸去遂命斡赤斤大王往視其喪定嗣子位朮赤長妃爲汪罕弟札阿紺孛之女名别古特迷失元史祭祀志宗廟至元三年定爲八室第三室皇伯考朮赤皇伯妣别土出迷失字音相類元史人名迷失者甚衆男女並以爲名案唐書北突厥有烏蘇米施可汗西突厥有阿史那彌射回紇可汗稱沒密施者亦甚多當出突厥與拖雷妃爲姊妹行祕史汪罕弟札合敢不有二女長女亦巴哈太祖自娶之次女與拖雷末言三女後以兀魯兀惕部長主兒扯歹有功以亦巴哈賜之拉施特云汪罕弟阿紺部三女一嫁朮赤一嫁拖雷一曰阿必喀太祖娶之以夢兆不吉令適烏魯特部長時爲親軍大將烏魯特卽兀魯兀惕聞之波斯人云西人譯彼國文字阿亦二音常誤如地名阿拉克則曰義拉克阿而闊則曰義而闊是也阿訛爲義則亦音亦可訛阿至哈變爲喀乃是法文通病竊度拉施特原文必尙合蒙古音迨經重譯歧異以滋然細審其言皆有根據事實或者祕史之遺漏也次妃幾人不可考其見於俄羅斯人

書者有曰渥稽有曰蘇而灘又有曰薩兒堪則天方敎人所云也俄人名克拉坡子十四人拉施特云四十八當是傳鈔之誤可徵者曰鄂爾達元史不載惟太宗八年以中原諸州民戶分賜諸王貴戚斡魯朵拔都平陽府茶合帶太原府古與大名府斡魯朵今改鄂爾多案鄂爾多爲帳殿之稱細審文義不應稱此蓋即拔都之兒鄂爾達也古與即定宗名改本未見及曰拔都曰伯勒克元史憲宗元年西方諸王別兒哥脫哈帖木兒別兒哥即伯勒克後繼汗位屢見俄書而元史世系表無之甚可怪也曰脫哈帖木兒見上注西書皆作托喀帖木兒蓋又是哈訛爲喀曰昔班見速不台傳曰唐古忒照祕史蒙文必應曰唐兀惕曰伯勒克察耳曰桑庫爾哈木耳云一鄂爾達二拔都三伯勒克四伯勒克察又曰伯勒克察拔耳五昔班六唐古忒七土斡耳八奇拉烏堪九星枯爾十欽台十一謨罕默德十二烏都又曰拘而都十三托喀帖木兒又曰庫馬帖木兒十四辛昆然哈木耳之說不盡可據姑以備考

附元史朮赤傳考誤

朮赤者太祖長子也國初以親王分封西北其地極遠去京師

數萬里驛騎急行二百餘日方達京師以故其地郡邑風俗皆莫得而詳焉朮赤薨子拔都嗣拔都薨弟撒里荅嗣撒里荅薨弟忙哥帖木兒嗣忙哥帖木兒薨弟脫脫忙哥嗣脫脫忙哥薨弟脫脫嗣脫脫薨弟伯忽嗣伯忽薨弟月卽別嗣至元二年月卽別遣使來求分地歲賜以賑給軍站京師元無所領府治三年中書請置總管府給正三品印至大元年月卽別薨子札尼別嗣其位下舊賜平陽晉州永州分地歲賦中統鈔二千四百錠自至元五年己卯歲始給之

案此傳可議處極多朮赤分封西北建牙何地雖無可徵然彼時俄羅斯境外喪師境內無恙奇卜察克雖被兵而太宗九年尚有八赤蠻之役則全境未定可知意必於烏拉嶺裏海之東鹹海之北開藩建國未爲遠也拔都戡定西陲始定居於烏拉嶺西不里阿耳欽察二地天主教王使人東赴和林路經拔都之鄂爾多謂拔都發驛遞至和林四十二日可

達蓋由拔都所建之薩萊城以往和林東西直綫不及九千里程途紆折亦僅一萬二千餘里以日行三百里計之誠不過四十餘日其後世祖定鼎燕京又去和林三千二百里再增十餘日亦必可達薩萊城舊址在今俄國薩拉托甫省確鑿可稽所謂去京師數萬里殆以今之半里爲一里行二百餘日方達京師殆非急行驛騎乃徐行之車乘耳或以海都叛亂郵馹皆廢驛騎不能按程易馬以是稽遲然究非急行之謂也拔都之後六王純是兄終弟及古來未有事屬可疑仁宗延祐元年本紀始見月思别之名英宗泰定帝本紀並作月思别文宗至順年間乃作月即别偶然異字實非異人而此云至大元年月即别薨子札尼别嗣位不解其故反復推求蓋由至元二年月即别遣使來求分地歲賜一事誤之此爲順帝之至元非世祖之至元所謂至元五年己卯亦爲順帝之至元順帝元統元年歲在癸酉見於輟耕錄自癸酉至己卯凡七年正是至元五年二年來求歲次三年置總管府五年始給平陽晉州永州舊賜歲賦本相聯屬而謬爲區分所以誤也延祐元年本紀明云諸王脱脱薨以月思别嗣位西書紀載世次相符伯忽其人乃在脱脱之前非在脱脱之後别見諸王補傳

元史譯文證補卷四終

廣雅書局栞

元史譯文證補卷四終

元史譯文證補卷四

廣雅書局栞

元史譯文證補卷五

兵部左侍郎總理各國事務衙門行走加三級臣洪鈞撰

拔都補傳 弟伯勒克附

拔都朮赤次子與兄鄂爾達相友愛從父駐西北軍中朮赤既薨皇太弟斡赤斤奉太祖命馳至鄂爾達自以才不如弟願讓位乃定拔都爲嗣西書云入告章奏仍列鄂爾達於前未久太祖崩斡赤斤馳歸拔都與兄鄂爾達弟昔班句唐古忒句伯勒克句伯勒克察耳句脫哈帖木兒亦東來會喪奉太宗即位太宗七年乙未西千二百三十五年以奇卜察克俄羅斯諸部未定議遣諸王出師朮赤位下者鄂爾達拔都昔班此見速不台傳馬札兒之役唐古忒察合台位下者貝達爾察合台子不里見祕史據祕史所云似是察合台子西書則謂察合台孫謨阿圖堪子速不台傳馬札兒之役

有吁里兀中西各書皆無可徵疑卽不里之訛或卽古余克太宗位下者古余克卽定宗之名祕史西書音同祕史書法克字應爲書合丹見速不台傳馬札兒之役拖雷位下者蒙哥西書音同撥綽西書音似撥綽克察元史牙忽都傳祖撥綽睿宗庶子也驍勇善騎射憲宗命將大軍北征欽察有功憲宗時無征欽察之事必是太宗時拔都之師世系表拖雷第八子撥綽太宗弟闊列堅亦預斯役拉施特作曲里堅亦作果爾干今從元史以拔都爲統帥速不台副之八年丙申兵行速不台首入布而嘎爾太祖時已降其部而復叛至是悉平之卽西北地之不里阿耳有城亦曰布而嘎爾昔時此城通商賈今惟存一村落居民每於地內掘得古器九年丁酉入奇卜察克其別部酋八赤蠻多桑注云中國元史作巴齊瑪克葢多桑但見元史改本不知原本固作八赤蠻不謀而合西書益可信矣數抗命拒敵大軍至敗遁浮而嘎河深林中一日數遷以避蹤跡蒙哥令衆軍合圍其林乃入搜捕見空營一病嫗在焉詢之則八赤蠻已遁水洲中跡至出不意擒之憲宗本紀

嘗攻欽察部其酋八赤蠻逃於海島帝聞亟進師至其地適大風刮海水去其淺可渡帝喜曰此天開道於我也遂進屠其衆擒八赤蠻命之跪八赤蠻曰我爲一國主豈苟求生且身非駝何以跪人爲乃命囚之八赤蠻謂守者曰我之竄入於海與魚何異然終見擒天也今水迴期且至軍宜早還帝聞之卽班師而水已至後軍有浮渡者速不台傳乙未太宗命拔都西征八赤蠻曰聞八赤蠻有膽勇速不台可勝之命爲先鋒與八赤蠻戰繼又令統大軍遂虜八赤蠻妻子於寬田吉思海八赤蠻聞速不台至大懼逃入海中案浮而嘎河下游入裏海卽寬田吉思海裏海水視風信北風大作則北岸水淺海中有洲有島度八赤蠻之逃未必具有舟楫不過乘水淺時暫避偷生不意元師接踵已至遂束手就擒風力既息水且返流事理之常無足侈爲神異朔方備乘拔都傳疑爲海之潮汐偶爾愆期所見誠當特考地既誤比以錢塘潮三日不至亦復不類速不台傳歸功速不台案當日速不台爲副帥亦爲先鋒追八赤蠻敗遁裏海而憲宗往擒此皆可就西書以證元史昔里鈐部傳乙未定宗憲宗皆以親王與速不台征西域明年啟行鈐部亦在行中又明年至寬田吉思海時序正合

八赤蠻請王自行刃以死蒙哥令撥綽手刃之奇卜察克東北近濱浮而嘎河諸部族若波爾塔斯未詳若毛而柱因若薩克孫此三部當是芬蘭一類人

西書此處又有祉而開司即西北地之撒里柯思案是時元軍未往黑海不應縣及故删又有一部族名曰費族非那克考之不得併删皆震懾款服裏海以北咸定是年冬遂入俄羅斯當俄之始被兵也喪師於外境內無恙至是已十四載語出俄史可藉以考年分諸侯王惟事內鬨不復慮外患毛而杜因人與俄有兵怨導大軍自東南入南境諸王曰幼里曰羅曼分守勒治贊句克羅姆訥二城乞援於物拉的迷爾其主攸利第二王而兵不亟至蒙古軍招降勒治贊城令出民賦十分之一為歲貢幼里不從乃築長圍絕其出路力攻五晝夜至六日城破華而南云西一千二百三十七年十二月二十七日破城幼里闔門殉之城亦被焚古時俄國居屋築城皆用木惟天主堂有用磚石者故城易破今俄地亦尚多木屋也俄人云拔都聞幼里子婦貌美令其出謁而不從乃殺其子其婦自墜樓死今於死處建禮拜堂勒治贊即元史之也烈贊本紀云憲宗躬自搏戰破之亦見昔里鈐部傳至克羅姆訥城攸利第二

王遣子務賽服洛特率衆來援而勒治費已破乃援克羅姆訥戰於城下羅曼陣沒務賽服洛特逃歸物拉的迷爾未幾克羅姆訥下華而甫云蒙古於此處殺戮更甚因闊列堅此役受傷而隕之故其南之勃欒斯科城亦下北至莫斯科城城建甫百年守具未備時猶未建都於此兵長驅直入獲攸利第二王之孫其名即曰物拉的迷爾東趨物拉的迷爾都城攸利第二王令其子務賽服洛特句木思提思拉甫守城而自引兵北駐錫第河穆爾嘎河之支河見地圖以待諾拂郭羅特王雅洛斯拉弗哀句撤勒司拉弗哀王士委託斯拉甫之兵蒙古軍至城令攸利第二王之孫在城下招降不肯下乃殺之分軍下蘇斯達耳城而歸合圍物拉的迷爾十年戊戌春城破多桑云西一千二百三十八年二月初八日華而甫云二月十四日二守王戰沒嬪御官紳皆入禮拜堂拒守焚

以火薰灼盡死自此分數軍分下攸利掖甫句遏羅斯托弗哀句雅洛斯拉弗哀句喀辛句特弗哀耳句的彌特洛甫句撒勒司拉弗哀句浮洛格句郭洛的赤等城案所下之城就多桑地圖觀之已不止此蓋省文不備載北至錫第河圍敵營攸利第二王與二姪皆戰沒兵士得脫者十僅二三是年西二月俄史云其姪瓦西里克被俘以不降被殺攸利之尸後爲教士覓得葬於禮拜堂復北趨諾拂郭羅特未及城百數十里而退俄史云林木掩蔽華而甫云是時天暖雪消道路泥濘故退是爲俄羅斯極北境始立國時建城定都於此列城中惟是城歸服最後見伯勒克傳軍既退轉而西南一軍攻廓在爾斯科城瓦夕里王堅守不能克戕蒙古軍數千人拔都令合丹不里往助閱兩月始克屠城血流成渠獲瓦夕里投血渠中淹斃速不台傳辛丑太宗命諸王拔都等討兀魯思部主也烈班爲其所敗圍禿里思哥城不克拔都奏遣速

不台督戰速不台選哈必赤軍怯憐口等五十人赴之一戰獲也烈班進攻禿里思哥城三日克之盡取兀魯思所部而還案禿里思哥卽廓在爾斯科也烈班卽攸利第二王俄史謂錫第河之戰蒙古軍亦受創或係先敗後勝蒙古當日攻俄羅斯各城無如廓在爾斯科之難下者故呼爲卯八里克猶言惡城傳歸功速不台西書謂合丹不里來助而下說異然是役在太宗十年戊戌至辛丑歲俄部早已全定大軍皆在馬札兒傳之誤一也速不台自乙未西征始終其事而傳於此忽加奏遣二字似乎歸而復來朔方備乘爲其所誤故俄羅斯傳謂十三年太宗復命拔都等討兀魯思本一事而似兩役傳之誤二也似此推之速不台軍東南向浮而嘎河端河下游以行敗奇卜察克傳訛誤多矣

部酋庫灘西北遁馬加部餘衆不及逃者降爲軍庫灘見哲別補傳馬加見下遂平撒耳柯思阿速等部十一年己亥春拔阿速之蔑怯思都城太宗本紀十一年十一月蒙哥率師圍阿蘇蔑怯思城閱二月拔之卽此拉施特云不及兩月今從元史蔑怯思西書作蔑克思別作忙嘎思又稱麻思撒耳柯思見西北地附錄釋地元史謂是憲宗督軍西書未備載昔里鈐部傳己亥冬十有一月至阿蘇蔑怯思城負固久不能下明年春正月鈐部率敢死士十人躡雲梯先登俘十一人大呼曰城破矣衆蟻附而

上遂拔之紀攻城甚詳特云己亥明年則在太宗十二年庚子未合分軍東渡浮而嘎河略布而嘎爾北境直至烏拉嶺西北地據華而甫說增入案元史謂欽察去中國三萬里夏夜極短日暫沒即出奇卜察克居地今已考訂詳明鄰近裏海黑海距中國萬餘里赤道北四十七八度如元史所言須赤道北六十度乃合烏拉嶺西北有得費挪河皆芬尼一類人所居此河下游入白海軍行至此便合夏日暫沒即出度數又烏拉嶺西有撒勒姆部族亦芬尼之類爲蒙古所併見於俄書而華書無可印證惟忙哥撒兒傳從征斡羅斯阿速穩兒別里欽察諸部穩兒別里無考別里或是撒勒姆或即孛烈兒穩兒似芬尼之對音差可附會芬尼之族居地甚廣俄之北與東皆是今西人稱之曰芬蘭見瀛環志略曰芬尼者本名也元史類編言欽察俗勇猛青目赤髮案奇卜察克人髮睛皆黑其人從入中原多位將相順帝荅納失里皇后亦欽察人必無青目赤髮正位中宮之理即彼時俄國亦是黑髮黑睛惟王族由瑞典挪威而來則當是青目赤髮又英國人曰耳曼人從前已有商於俄地者得費挪河下游即有彼族設市於此此眞青目赤髮軍歸傳述記者不待其詳遂以欽察統之皆非事實至於此役分軍北略華而甫亦不能斷其年分惟攻計掖甫在太宗十二年而十一年中元軍不能無所事事故紀於此拔都既休息士馬乃謀南俄計掖甫者南俄之

大城也先時建都於此歷三百載後乃以物拉的迷爾爲上邦攸利第二王旣戰沒計掖甫王雅洛斯拉甫往援不及乘蒙古軍退遂入物拉的迷爾嗣其兄位而拉耳尼哥王米海勒亦乘其北行據計掖甫十二年庚子拔都軍至匹耳司拉弗哀城降之攻下批耳尼哥城傷士卒頗衆華而甫云守者以沸湯澆攻城人故多傷退而東掠嘎魯和城東至於端河旣絶計掖甫之旁援而帖尼博耳河不得渡蒙哥駐師河東華而甫云計掖甫城牆白色高峻城內禮拜堂三十處金塔矗雲蒙古人稱爲阿勒泰八什汗努爲譯義爲金頂汗之邦遣人諭降使者被殺冬帖尼博耳河凍合拔都將全軍渡河米海勒逃往波蘭令其將狄米脫里居守蒙古軍攻具已早備晝夜力攻克之華而甫云西十二月初六日破城狄米脫里傷而未死拔都以其忠勇釋不誅俄史謂狄米脫里勸拔都西征控噶爾以免俄境蹂躪是

爲忠於本國控噶爾即馬札兒也復下哈力赤城達尼爾王亦遁南俄之地略定乃謀波蘭部馬加部皆俄羅斯南面之國也兀良合台傳從征欽察及兀魯思阿孛烈兒諸部丙午又從討孛烈兒乃捏迷思部平之祕史康鄰等十一部內有孛烈兒其云阿孛烈兒阿字爲唇舌間帶出之音非部落本名所有審其字音當即波蘭俄人裴知乃耳德云布而嘎爾部西域人稱爲孛老耳亦曰孛拉耳則與孛烈兒音益近元師之征波蘭馬加同時並進而馬加之役僅一見速不台傳作馬札兒無可證佐不能定斷故從西人今稱作波蘭其名見瀛環志略朔方備乘今地已爲俄奧布三國所分馬加今併入奧故中國文牘稱奧曰奧斯馬加詳控噶爾考波蘭時分四部其酋曰康拉式治撒洛赤克城曰亨力希治伯勒斯洛城曰波勒司拉弗哀治克拉克城曰米夕司拉弗哀治拉低貝爾城馬加部酋貝拉亦曰克拉作怯憐者克拉之誤也怯憐兒見速不台傳治格蘭城濱杜惱河而常駐河東之派斯特城即速不台傳所謂禿納河馬札兒城河東西二城東曰派斯特西曰布達鈞於光緒戊子奉使謁奧王於此近時西國盡撤牆堞名爲城實無

城

波蘭在東北馬加在西南兩國相依如輔車而馬加三面環山險阸四塞尤不易用兵拔都乃議東南北五道分進極北一軍貝達爾統之（波蘭史云統將貝達當即貝達爾）十二年冬前鋒入波蘭之柳勃林城乘外斯拉河冰合涉河掠森地米爾城直至克拉克未及城而返擄獲無算克拉克將烏拉的米爾來追敗而退蒙古軍亦歸哈力赤未幾大隊入波蘭克拉克森地米爾之軍來禦十二年辛丑春戰於夕特羅物城（西一千二百四十一年三月十八日）皆敗潰克拉克酋波勒司拉弗哀遁土拉斯城遂焚克拉克進取拉低貝爾其酋米夕司拉弗哀不能禦北遁勒基逆赤合於其兄亨力希軍至伯勒斯洛民自焚城守河洲中堅堡不易攻軍亦引去先有分軍躪枯雅弗以句蘭斯克等城至是來合併力以至勒

基逆赤時亨力希集衆三萬分五軍第一軍爲日耳曼人即今之德意志人元史所謂青目赤髮是已元頁合台傳丙午又從拔都討孛烈兒乃捏迷思部平之案俄羅斯人先時稱日耳曼人曰匿密思又曰匿姆齊義謂言語不通又西人云突而克人稱日耳曼人爲匿密西至今馬加尙稱法國人曰匿密特據此則捏迷思即今之德人元時波蘭西北界日耳曼故募其人爲兵傳言孛烈兒乃即祕史孛烈兒蠻之例猶云孛烈兒的蒙古語西語皆有此例觀此則孛烈兒又當是波蘭也西書此役在辛丑元史言丙午爲定宗元年軍事早畢矣二三軍皆波蘭人四軍亦日耳曼人五軍則亨力希自統所部戰於勒基逆赤城西南瓦而司達忒之地是年西四月初九日日耳曼人先進蒙古軍佯敗以誘之既離其後軍遠乃以突騎圍攻衆盡沒其後四軍先後來援亦敗亨力希中矛墜騎被殺今勒基逆赤等城皆屬德意志首邦布魯斯國轄地亨力希之尸在近處教堂內其首已爲蒙古割去懸首於竿徇其部地割敵耳凡九巨捆勒基逆赤城已爲民自焚而內堡甚固招下不從捨去

南至倭特馬赫城駐軍半月分掠四鄉又至拉低貝爾又西南入不咸迷亞國境今屬奧分省見瀛環志略困倭耳默忒城誘戰不出多桑云蒙古軍見不出戰以爲怯分兵四掠守城之將見其兵少六月二十四日乘夜出攻殺蒙古大將或謂貝達爾此役陣亡因聞其營哭聲也華而甫駁之謂蒙古軍自此入馬加七日只行二百里且分軍四掠其未遭挫衄可知又謂此役尚有一軍與貝達爾軍合駐馬加西北以防日耳曼等國援軍是年西九月間欲渡馬勒希河西距奧都百里奧主敗之淹斃甚衆異說紛紜今併從刪但附注於此遂東南以應拔都之軍其地險口譯義爲馬加門見地圖非其本音也以上皆貝達爾軍事拔都之未入馬加也先遣英人往諭降英人爲本國所逐投入拔都麾下故各國地利軍情拔都知之甚悉自駐哈力赤以待馬加部長貝拉不願歸附亦不設備僅遣將士守喀而巴特山隘口伐木塞途以限戎馬先是奇卜察克酋庫灘率四萬戶來投太宗十一年來投貝拉令改天主敎乃許入境既如命貝拉自以得衆爲喜而民間主客不和怨

其主招致非族比聞蒙古以納降來攻民乃大譁貝拉不得已下庫灘於獄辛丑春西三月十二日守隘將逃歸謂蒙古軍斬木開道而入守兵盡潰貝拉亟下令集兵甫三日游騎已至派斯特城下貝拉欲俟援師大集而後出戰天主教士烏孤領以爲怯率衆出城軍退逐之入於淖然蒙古軍識路徑游行無礙而追者皆客兵無土著且擐鐵甲身重行滯陷淖中攢射之悉死惟烏孤領遁歸民又大譁謂蒙古軍多奇卜察克人不殺庫灘將爲內變於是庫灘死於獄其部衆散而之布而嘎里亞國馬加東南亦云布而嘎爾詳西北地不里阿耳釋地拔都大軍既入馬加破其咸蠢城速不台軍亦自東南踰山陟險合於大軍此語西書所無因欲合於速不台傳瀕甯河之戰故云貝拉兵集而出拔都引退過賽育河東邑克河者南匯於杜惱河

而賽育河喝拉忒河又合而入色克河兩河合流之下游爲橋梁通往來時屆夏初喀而巴特山雪融化溪河皆漲大軍駐此三面環水有險可阸且林木叢雜蔽敵窺望貝拉追至見橋東有守兵不能過乃駐於賽育河西以千人守橋界環車爲營懸盾於上儼如壁壘而設備甚懈且無林木擁蔽舉動瞭然相持數日拔都見敵雖衆可乘下令夜進一軍過橋一軍繞由下游潛渡有被掠俄羅斯人逸入馬加營以敵人乘夜掩襲相告而仍不豫防惟貝拉之弟廓洛曼與烏孤領信其言引軍夜巡至橋西蒙古軍已爭橋亟攻退之增卒守界而歸馬加營中益酣寢以爲無患既而蒙古軍以礮逐守兵淩晨渡河下游之軍亦渡而成列環圍其營矢下如雨持至午開西南圍使逸而自後

廣雅書局栞

馳逐衆既瓦解或陷泥淖逸者無幾賽肯河水盡赤烏孤領死
之廓洛曼傷重雖逸而旋卒貝拉以有良騎遁入深林中輾轉
以至土拉斯合於其壻波勒司拉弗哀馬加相臣被殺檢其尸
王印在焉拔都令馬加降人僞爲貝拉示諭四境居民案堵無
恐我雖小挫而求祐於天終必大勝且詈蒙古爲獝犬使人不
疑遣降人四出賫諭馬加民不得戰事確耗既見示皆不還徙
比軍至乃大被俘掠大軍由賽肯河至派斯特下其城速不台
傳經哈
咂里山攻馬札兒部主怯憐速不台爲先鋒與諸王拔都吁里
兀昔班合丹五道分進衆曰怯憐軍勢盛未可輕進速不台出
奇誘之至漷寗河諸王軍於上流水淺馬可涉中復有橋下流
水深速不台欲結筏潛渡繞出敵後未渡諸王先涉河與戰拔
都軍爭橋反爲所乘沒甲士三十人并亡其麾下將八哈禿既
渡諸王以敵尚衆欲要速不台還徐圖之速不台曰王欲歸自
歸我不至禿納河馬茶城不還也乃馳至馬茶諸王亦至遂拔
城而還諸王來會拔都曰漷寗河戰時速不台救遲殺我八哈

禿速不台曰諸王惟知上流水淺且有橋遂渡而與戰不知我於下流結筏未成今但言我遲當思其故於是拔都亦悟後大會飲以馬乳及葡萄酒言征怯憐時事曰當時所獲速不台功也案哈咂里山當即喀而巴特山之支峯拔都所經之山臨亦曰哈力赤山以其通哈力赤城哈力赤屬俄故土人稱名譯義如謂俄羅斯門今著於地圖中庶易考閱哈咂里當是哈力赤之異譯馬札兒即馬加怯憐即克扯之訛見上拔都此役西人考地紀事歷歷如繪所謂漷甯河必是賽育河何以字音甚差不得其故傳言速不台於橋之下流結筏潛渡多桑但言他處潛渡華而甫則謂在橋北上游十餘里外渡河觀沲圖自是上游易渡若在下游則已近色克河水益深渡益難出奇制勝宜在難處當是元史言是至於既渡而後元史所言與軍情不合恐是此點以歸功速不台禿納河即杜惱河馬茶城猶言馬札兒城當其派斯特其城固濱杜惱河此外大同小異元史此節以爲詳敘得實就西圖地勢考之誠奇功也華而甫云此戰在是年西四月底由西國舊藏文卷中考得合之中歷在辛丑春末夏初以上爲拔都速不台等軍之事

合丹一軍由馬加東南馬拉答境內間道時爲馬加屬部今爲羅馬尼亞國地踰山入林至魯丹城民兵出禦時此城爲日耳曼人所居於此開礦兀良合台傳之捏迷思部亦即謂此軍即退民兵以爲怯還城燕樂不登陴

不閉城而軍掩至長驅直下選募日耳曼人勇敢者六百爲導破蝎拉丁城俘戮無算復攻生托麻斯城札納特城丕勒克城皆以俘獲者前驅而自後督攻積尸滿城濠卽於尸上仰登軍鋒所及靡不殘破既與古余克不里擻綽合於拔都大軍駐營休息分遣土人主治各城斂民賦供軍食

案西書所云則賚育河之役分軍有未至者諸王之名各西書有多有寡惟拔都貝達爾合丹擻綽速不台之名諸書皆載華而甫無擻綽而有古余克不里至憲宗之名則各書皆無或先已還軍或留防後路參匯各書貝達爾拔都合丹三軍所言皆合各有證據故分著之餘軍只可從略五路分進之說固見速不台傳也有馬加天主教士洛朮耳自東南境避兵西徙復以蒙古所設官長勒索無厭乃入蒙古營爲馬加降卒之奴著書敘述軍情歷歷如繪華而甫書中載之以下皆其所述較多桑爲詳核可信

欲過杜惱河取格蘭城無舟不得渡冬水始冰格蘭守兵搥鑿冰凌以阻西渡兩軍數戰於冰上既而寒甚冰合蒙古軍欲驗堅否牧牛馬

於河干移軍他駐隔岸兵來奪牛馬驅以過河水澤腹堅敵爲之驗於是萬騎齊進所向披靡拔都合丹兩軍皆過杜惱河餘軍仍駐河東洛朮耳云速不台古余克不里撥綽未渡渡河在冬至時拔都自攻格蘭遣合丹往追貝拉當貝拉之遁土拉斯也旋易服西行入奧斯大里亞境遇奧主於泊勒司貝而克城時奧尚小在日耳曼列邦内爵視上公名佛來特呂希第二勸以過杜惱河蒙古軍未必能西渡復乘危勒取財賄以近奧界三城爲質貝拉至韋敦貝而克城遇其妻孥偕往南境阿格拉姆城待敵動靜華而甫云西五月十八日貝拉遣教士往求天主教王援救今信尚存又西七月有信致德意志合衆國王謂杜惱河東北皆爲蒙古所得冬間恐將入德意志境内信亦尚存其時得意志王與教士有兵事不暇救馬加案是時德意志其主非今之布魯斯元初布魯斯猶未立國於今地也德意志爲本國人自稱日耳曼爲英人之稱德意志譯義爲土話因日耳曼人雖用羅馬文字而仍操土音故有是稱德意志卽今德國合丹自格蘭至

布達（爲馬加故都）不遇貝拉焚城而去逕土度耳外生貝而克城閭已遁南境進至阿格拉姆則貝拉遁司巴拉土城復遁特勞恩城旋入地中海島上合丹逐於後所遇城堡皆不攻既至特勞恩城則貝拉又自海島乘舟北徙駐軍一月乃引而東趨塞而維亞國耳拉孤薩城（維字讀如弗以合音方合）大掠喀滔城旋奉拔都令東返拔都攻格蘭立礮三十架毀牆堞而入內堡守將爲日斯巴尼牙人名錫門設備甚密去而困麻訂耳司貝而克城韋敦貝而克城皆未下分軍西循奧境直至地中海北維尼斯國界（其時地中海北爲維尼斯國今屬義大利當日軍鋒亦可謂至義大利西人云此分軍皆小隊蓋恐日耳曼等國來攻藉以偵探維字讀如弗以切吳音如此）又一軍擾奧境之柯倫貝而克城（去奧都三十里）韋而乃斯達特城（去奧都八十里）皆旋退（或云奧主至韋而乃斯達特敗蒙古軍獲兵弁七人英人投蒙古者亦被

獲或駁之華而甫信而證之異說紛紜今并從刪然拔都當日意不再向西行固可知也**太宗凶問至軍中乃馬眞皇后稱制之元年壬寅春下令全軍東返**馬加教士洛朮耳云一千二百四十二年四月拔都得凶問傳令回軍則是壬寅三四月間事太宗崩期在十三年十一月次年三四月已赴至馬加急遞不過百數十日其後拔都之鄂爾多在奇卜察克程途益近天主教王使臣潑闌喀批尼云拔都發驛騎往和林四十二日可達元史朮赤傳乃謂去京師數萬里驛騎急行二百餘日方達眞無稽語也又案太宗本紀十二年皇子貴由克西域未下諸部遣使奏捷十二月詔貴由班師祕史云巴禿自乞卜察差使臣奏古余克不里因筵會時巴禿先飲遂詈巴禿而散斡歌歹大怒不教拜見因忙該等勸諫乃令巴禿自行處治召古余克拜見責訓等語西書則謂定宗歸在太宗崩後洛朮耳言馬加軍中諸王內有古余克則先未班師可知而拔都與定宗不洽見西書諸王大會已欲不往見速不台傳不里醉後詈拔都故憲宗卽位罪異議者以不里交拔都處死亦見西書不得謂祕史無稽互校參觀本紀所謂遣使奏捷蓋在憲宗拔阿速蔑怯思城之後大軍休息設宴慶功致啟爭訟太宗聞之乃詔皇子班師而觧亦旋釋雖奉詔而未歸祕史所云定宗拜見等語恐誤或既歸而仍令西征故祕史云你同哈兒哈孫去只教巴禿斷者則班師當在前不得云十二年十二月始詔詳考而

附註於此拔都與合丹合軍而東經塞而維亞布而噶里亞等國華而甫云布而噶里亞境內未甚殺戮惟鄉閭被掠布而噶里亞酋時年九歲乞援於東羅馬合兵以逐蒙古初戰敗蒙古兵既而布而噶里亞人為拔都撫定東羅馬兵遂敗衄而去杜惱河諸軍亦向東南以退洛礼耳云六月內蒙古盡離馬加拔都至高喀斯山北駐數月平奇卜察克叛者多桑云拔都弟桑庫爾留守奇卜察克叛者攻之及是大軍來征叛者逃高喀斯山之西遣將伊勒烏達追勦悉平其衆次年癸卯春拔都至浮而嘎河散遣諸軍整治部地古余克等先歸奔喪朝議會諸王定君位拔都先與古余克有隙知六皇后將立其子非有太宗遺詔遂托病足遷延行期屢促之終不至惟令弟與已子往會速不台傳太宗崩癸卯諸王大會拔都欲不往速不台曰大王於族屬為兄安得不往甲辰遂會於也只里河丙午定宗即位西書則謂拔都允往而終不往又教王使臣澄蘭喀批尼先謁拔都乃往和林計其謁拔都年月在丙午春西七月至和林八月底謁定宗則甫即位與定宗本紀七月即位相合此是確據既往會必應俟朝會畢乃歸然

則允往而究未征西書是也定宗卽位之三年戊申西巡葉密爾河拔都恐問罪東來迎謁行至阿勒塔克山阿勒泰山迤西之山西人謂之阿勒塔克定宗崩於途乃不行詳定宗本紀補異皇后斡兀立海迷失暫攝國事時察合台早薨宗王親支以拔都爲長君位應由主議初會於阿勒塔克推戴蒙哥次年復會於斡難克魯倫兩河發源之地遂奉蒙哥卽位是爲憲宗當時衆議不一覬覦神器者且謀亂定大計弭內變惟拔都是賴語多別爲紀詳憲宗本紀補異當拔都之自馬加還也俄羅斯北部已無抗顏行者令諸王來朝受封定宗卽位遣物拉的迷爾王雅洛斯拉甫入覲召扯耳尼哥王米海勒至以違令被殺西書謂不肯跪拜俄史謂不拜偶像雅洛斯拉甫歸而道卒或謂在和林中毒其事祕論不一別見西使東來考拔都立其子安得累第一

主俄北部歲入貢賦俄南部哈力赤王達尼爾乘拔都入馬加仍回所部計掖甫等地皆爲所屬拔都歸後遣使諭降達尼爾先乞援於天主教王教王胥以去東教入西教乃爲援東教爲今俄羅斯希臘等國之教以出於東羅馬故曰東教亦曰希臘教西教卽今英法等國之教達尼爾從之而援不至復返東教臣服於蒙古歲乙巳自至鄂爾多謁見丁未又來謁拔都厚禮之使主俄南部納歲入拔都建鄂爾多於浮而嘎河下游曰薩萊亦曰昔來不審何義每歲春沿浮而嘎河東岸北至布而嘎爾之鄂爾多秋南駐薩萊名曰阿勒泰鄂爾多義謂金頂之帳殿案圖理琛異域錄奉使所至之土爾扈特游牧地卽元藩王建牙地今俄人猶稱其地曰卓羅台鄂爾塔音異義同今薩萊城已久廢建喀山城於浮而嘎河東岸亦建薩萊於黑海北撒吉剌之地撒吉剌兒西北地附錄今名已久湮西人惟稱爲克勒姆使其子撒里荅居之部衆六十萬

蒙古人惟六萬餘多謀速而蠻人克立斯特人謀速而蠻見西游錄郎天方教人克立斯特郎天主教人法語曰克立斯堅英曰克立斯斤憲宗二年壬子遣阿里布喀蒙古語必是阿里布哈凱達克亦云喀塔克率軍復入波蘭自柳伯林至森地迷爾大掠而歸憲宗六年丙辰拔都薨年四十八西一千二百五十六年薨於浮爾嘎河濱拔都嘗乞憲宗買珠銀萬錠帝與以千錠且諭曰太祖太宗所遺之財若此費用何以給諸王之賜宜徐審之此銀就充今後歲賜之數此出元史然拔都遇人有恩不私財於己能得衆心皆稱爲賽因汗賽因猶言好也以兄鄂爾達讓位於己分以東方錫爾河北等地故部人常稱鄂爾達所部爲右翼而拔都所部爲左翼復以弟昔班從征俄羅斯有功使居鄂爾達牧地之北以西至烏拉河鄂爾達之鄂爾多色尚白昔班色尚藍以別

於拔都之金鄂爾多其後俄人遂以分三家之後裔阿卜而嘎錫云拔都入俄羅斯直至莫斯科俄人聚庫勒爾匿密世等部人屯禁備禦戰三月之久昔班請拔都增其兵以攻敵背拔都允之遲日天曉拔都攻其前戰正酣昔班繞出敵營後踰溝毀其車並聯車之鍊斫營而入前後夾攻敵兵亡七萬人自此數國皆定案此戰功無可比附或是錫第河攸利第二王之役以不見他書故附注於此至分地云云亦出阿卜而嘎錫他書多有本之者匿密世當即揑迷思庫勒爾西人疑是波蘭

拔都子可徵者曰撒里荅見元史表西書稱爲撒而塔克爲拔都長子曰托托罕或云杜汗又云庫圖堪哈木耳云拔都子四人三曰安狄萬四曰烏拔奇亦曰烏拉克奇四子惟托托罕有後憲宗六年撒里荅入朝西書謂其奉憲宗命赴忽力而台譯義謂聚會案是年本紀帝會諸王百官於欲兒陌哥都之地設宴六十餘日賜金帛有差當即此會比至聞父薨憲宗令西歸嗣位中途亦薨憲宗立其子烏拉赤尚幼令拔都長妃波拉克勒輔以聽政未數月烏拉赤亦薨此多桑語然世系表又云拔都子哈木耳則云烏拉赤爲拔都子撒而塔克弟撒里荅或云無子又或云一子名紺珠異說紛紜皆難考斷憲宗本紀七年以駙馬剌眞之子

乞解爲達魯花赤鎮守俄羅斯仍賜馬三百羊五千此無徵於西書意者國君屢喪恐屬部有變故特遣親臣出鎮耶又本紀三年遣必闍別意哥括斡羅思戶口亦無考或謂烏拉赤亦拔都子烏拉赤既薨拔都弟伯勒克嗣位多桑世系表又云拔都子臬考諸書云弟者較可信

伯勒克朮赤諸子憲宗即位時與弟脫哈帖木兒將兵衛從有翊戴功拔都薨後再立君皆旋卒乃以伯勒克主國事憲宗七年丁巳即位西一千二百五十七年信天方教常集教士於鄂爾多講論教律教理太祖後裔入天方教者自伯勒克始遣官查閱俄羅斯戶口憲宗三年遣必闍別兒哥括斡羅思戶口別兒哥或即伯勒克必闍二字不得其解年分亦不相合只可闕疑計丁出賦哈木耳云每丁歲輸皮五張一黑狐一白熊一黑貂一平常貂一獺未免太重或富戶之丁如是或官吏逾額婪索城鎮民數及千及萬者設官一人而以八思哈三人總其事曷思麥里傳爲八思哈長官即此八思哈爲理民事主賦稅之官係蒙古語西書作八思喀克克字爲語尾音哈喀二音

五用一治蘇斯達耳一治勒治贊一治謨洛姆蘇斯達耳東南田畝收穫十取一牛羊馬百取一教士皆免賦諾拂郭羅特城不服他城亦然茂釀大變俄王阿來三得知不可抗極力鎮撫其民復自入謁請罪伯勒克拘留之旋病歿哈力翅王達尼爾逐蒙古官吞併族人之地蒙古將忽侖薩赫來征以勢大不進布侖台代將其軍從前從征馬加之裨將諭達尼爾歸順勿用兵境內而助功力拖部達尼爾畏威從命使其弟瓦西里克同往力拖征服其民力拖即瀛環志略之力丁族在俄與波蘭之閒華而甫云此役在一千二百五十八年爲憲宗八年不知確否次年諾垓云是朮赤子台斡爾之孫帖列布喀伐波蘭達尼爾之子弟復從征降森地米爾以至克拉克兩城皆見拔都傳憲宗既薨阿里不哥僭稱帝立察合台孫阿魯忽嗣其祖位以爲己助伯勒克附世祖不從叛阿

里不哥令阿魯忽備禦西兵既而自相戰爭復議和而阿魯忽爲伯勒克所敗未幾阿里不哥歸命於朝伯勒克軍亦罷旭烈兀既平報達殺哈里發屠戮教人無算朮赤後王從征至西域者或以罪誅或猝病歿疑爲旭烈兀所害伯勒克令諸將兵問罪戰於得耳奔特先敗後勝詳旭烈兀傳埃及王比拔而斯與旭烈兀有兵怨知伯勒克同教思引爲援中統三年冬西一千二百六十二年十一十二月間發使贈以哈里發家乘渡黑海以往經東羅馬境先時伯勒克部兵數擾東羅馬故拘留其使不令行比拔而斯再遣使具書請伯勒克勿侵其國東羅馬王見書乃不阻行使者既至伯勒克令其相射里甫哀丁哀福路齊誦其書禮其使而遣歸使人歸述云帳以白氈爲之飾以綢緞珠寶汗正坐妃旁坐大官數十列坐當埃及使人

北行時伯勒克使亦至埃及貽書謂我兄弟四人皆入教願合約以攻旭烈兀比拔而斯優禮款接覆書致幣並可蘭經纏頭布一方由麥喀禮拜堂中取至以伯勒克不能親往禮拜故遣人代行得此以贈至元元年比拔而斯受東羅馬之請復遺書於伯勒克請勿犯其邊界以上由多桑旭烈兀傳中節出蓋多桑本諸埃及史書也旭烈兀薨後阿八哈嗣位至元二年諾垓南侵傷目而退伯勒克率大軍繼至相持於庫耳河伯勒克薨於軍奉柩歸葬於薩萊

元史譯文證補卷五

元史譯文證補卷六

兵部左侍郎總理各國事務衙門行走加三級臣洪鈞撰

忙哥帖木兒諸王補傳

忙哥帖木兒拔都子托托罕之子母衞拉特氏太祖駙馬朵拉勒赤之女世祖至元二年伯勒克薨忙哥帖木兒嗣是時海都叛迹漸著世祖命鐵連爲使往覘且令赴忙哥帖木兒處計事忙哥帖木兒曰祖宗有訓叛者人得誅之若通好不從奉師以行天罰我應其外掩襲勦絶不難矣其後忙哥帖木兒果伐海都以其乞和也兵旋罷且助以軍五萬敗宗王八拉終海都之亂朝廷迄未得拔都後王之助朮赤七子台斡爾之孫諾垓其父曰塔塔兒自擅於庫爾斯克莫斯克西南八百八十華里鄂力兒斯克莫斯克西南七百六

十華里娶東羅馬王密喀哀兒第八之私生女私生女說見旭烈兀傳曰哀甫耳西那或曰伊累那助東羅馬輔立布而噶里亞王台爾脫耳哀司此係西方之布而噶里亞非地理志之不里阿耳敗其兵殺其僭位之王拉喀那司忙哥帖木兒亦與東羅馬交好三次遣使至康思灘丁諾白爾都城俄羅斯列邦王互相讒害洛斯多王此城已廢在莫斯克之東境喝來伯瓦夕里克委持讚勒治臧王羅曼倭爾格委持忙哥帖木兒拘至至元十六年殺之華而甫云譖其詈謨罕默德教忙哥帖木兒怒令其改教不從故被殺哈木耳云因與蒙古地方官不叶故被殺喝來伯之子亦譖羅曼之子於諾垓至元十五年諾垓引兵擾勒治臧之地是年阿速叛遣兵往征物拉的米爾王狄迷特里之弟安得雷從軍此俄史所云華而甫所云俄王有異詞平其亂焚高喀斯山北脫甲柯甫之城今曰務拉狄喀甫喀斯城俄稱高喀斯曰喀甫喀斯十

七年哈力赤王勒輔從蒙古軍入波蘭攻柳勃林進至森地米爾爲波蘭分部酋勒賽克所敗十八年忙哥帖木兒薨同父弟脱脱蒙哥嗣（脱脱蒙哥西書字音無甚大異）物拉的米爾王狄迷特里之弟安得雷阿來三德勒委持讒訴其兄之過至元十九年脱脱蒙哥與以一軍擾物拉的米爾直至諾拂郭羅特狄迷特里逃依諾垓二十年諾垓仍立狄迷特里主物拉的米爾諾垓與脱脱蒙哥不叶招致庫爾斯克鄂力兒斯克王鄂列克來從而鄂列克附於脱脱蒙哥諾垓忿擾其境配思克服洛郭爾王士委托司拉弗哀亦不附諾垓殺之佔其地以蒙古軍四千人助東羅馬王密喀哀兒平北境之亂比軍歸時敗布而噶里亞境内他族至元二十二年脱脱蒙哥姪禿拉布哈篡位（元史脱脱之後有伯忽當即其人布

哈伯忽字音相近特應在脫脫蒙哥後脫脫前華而甫云圖罕長子巴而圖之二子土拉布哈昆逐克與忙哥帖木兒二子阿力貴脫古列兒合黨廢脫脫蒙哥而四人公主國是案蒙古爭位之事史不絕書四人共位未免可疑阿卜而嘎錫世系表脫脫蒙哥之後逕接脫脫是華而甫之說不爲無因因取其篡位之說而刪其四人共主國事之說是年冬大軍入馬札兒直至杜惱河適雪消水漲道路泥濘敗績而歸次年復入波蘭無城堡之地悉被掠軍病疫乃返忙哥帖木兒第五子脫脫率衆入得耳奔特以攻宗王阿魯渾軍鋒甚利而國中忌之乃退軍避居他處潛引諾垓爲助諾垓設宴延禿拉布哈及諸王至即華而甫所云四主伏兵殺之脫脫即位時爲至元二十七年諾垓先輔立脫脫繼又不叶諾垓旋卒其子爭位而戰亦與脫脫戰俄列邦王訴其首邦物拉的米爾王狄迷特里之過三十一年脫脫遣兵往討狄迷特里避而之諾物哥羅特俄史未載惟云是年

狄迭特里卒其叔爾海勒第二嗣位以上皆本華而甫先是海都篤哇搠亂西道不通自忙哥帖木兒後諸王自擅於遠不復承奉朝廷海都卒其子察八兒與篤哇皆歸命脫脫首先效順武宗至大元年六月遣月魯等十二人使於脫脫脫脫首先效順據牙忽都傳拔都罕後裔首先歸附一語增入遣使則見武宗本紀仁宗皇慶元年脫脫薨忙哥帖木兒孫月思別嗣元史作月思別又作月即別西書稱鄂思伯多桑云其父名土古兒察阿卜而嘎錫作脫古列兒未詳孰是延祐元年三月以襲位來告此見本紀多桑表嗣位在皇慶元年華而甫在二年元史則延祐元年酌中以斷當是皇慶二年襲位次年爲延祐元年三月使至元史但據使至之期書之襲位必在前一年不嫌與元史異詞也當月思別之將嗣位也諸將領有異議且以月思別奉天方教爲嫌定計乘飲宴時殺之或於席閒示月思別以目月思別托故離席詢知有變即覓騎馳去引兵捕諸將皆伏法多桑引拉施特語如此又云是時僅十三歲此語可

疑附見於注英宗至治三年二月遣使來朝十二月又遣齊喇來朝泰定三年九月泰定帝命權赤等賜月思別及怯列不賽因三部十二月月思別獻文豹賜金銀鈔幣有差文宗至順元年三月遣諸王僧格巴勒薩特勒密實邁格分使月思別及燕只吉台不賽因等所順帝至順元年八月月思別遣使來朝三年七月遣南忽里等來朝貢初朮赤位下有舊賜平陽晉州永州分地歲賦中統鈔二千四百錠久未給領京師亦無所領府治順帝至元二年遣使來求歲賜以振給軍站三年中書省臣議置總管府印正三品至元五年始頒給焉以上皆據本紀歲賜則據朮赤傳考正當爲順帝至元非世祖至元初物拉的米爾王狄迷特里卒立其叔彌海勒第二莫斯克王優利第三冀得首邦之位脫脫以彌海勒年長當立

不允其請比月思別立優利娶其妹遂糾蒙古將喀瓦惕侵物拉的米爾彌海勒退於特威亞之地優利追擊之兵敗其妻及蒙古將士多爲彌海勒所獲知爲貴主禮而遣歸月思別之妹道卒俄史稱其名曰孔察喀優利乃以鴆殺貴主來訴月思別怒召彌海勒至數其罪繼察其誣釋不治適有高喀斯山之行未即令歸國優利第三賄結月思別左右矯命殺彌海勒襲位而受封焉當在延祐五年前其後彌海勒子德彌特里成立訴父冤月思別召優利第三入朝使與面質優利至德彌特里一見忿發拔刀殺之月思別以其擅殺論抵而封其弟阿來克三德爲特威爾王以雪其父之冤當在英宗至治三年其後特威爾民變戕害蒙古官阿來克三德不能治遁普斯廓甫城月思別遣兵破特威爾召阿來克

三德入朝拒命不至月思別命莫斯克王伊萬第一往討阿來克三德復出奔旋來歸請罪時伊萬第一志在兼并列邦忌阿來克三德之得民不爲己利讒於月思別歷指其叛迹阿來克三德以是被殺以上本俄史　俄羅斯西境力拖國浸强盛月思別不能制延祐五年月思別侵不賚因之境出班來禦乃退本西域史至元六年月思別薨子札尼別嗣此據華而甫書多桑表謂至正二年西書皆謂鄂思伯在位有聲札尼別皆作札尼伯克至正十三年九月獻撒哈剌察赤兒米昔兒弓刀鎖子甲及青白西馬各二疋賜鈔二百錠本紀僅此一見旭烈兀後王自順帝至元二年後內亂蠭起國土分裂台白利司之民皆避亂北往奇卜察克有天方教士謁札尼別痛陳刼掠之慘民人之困以同教之誼勸往平亂至正十五年札尼別兵入阿特而

佩占殺亂將阿失阿甫據台白利司令其子畢兒諦伯克留守而自歸次年旋薨畢兒諦伯克北歸嗣位未幾亦薨多桑無年分阿卜而嘎錫謂未滿二年自此國亦亂諸王爭位自相殘害順帝末造黑海之北有客勒姆部浮而嘎河濱有喀桑部裏海之北有阿斯塔斯干部與薩萊城之王爭雄並峙大抵皆朮赤子鄂爾達昔班托喀帖木兒三王之後拔都後裔已絕汗位如弈棋世系莫得而考焉

附考

明洪武十二年薩萊王馬薦與俄國莫斯克王得米特里第四伊萬諾委特戰於端河東大敗其時駙馬帖木兒雄踞西域助托克塔迷失多桑云托喀帖木兒後攻滅諸王馬薦遁去爲人所殺洪武

十五年托克塔迷失攻莫斯克下之物拉的米爾勒治藏等城悉被焚掠俄王奉職朝貢如初托克塔迷失不念帖木兒輔立之德侵奪高喀斯山迤南地洪武二十七年爲帖木兒所敗東遁烏拉嶺爲族人薩提伯克殺之薩萊阿斯塔拉干兩地皆被蹂躪蒙古將也列哥輔立庫特洛克帖木兒族卒復立薩提伯克旋廢之立庫特洛克之子博拉特伯克永樂八年復圍莫斯克未破城而退諸王乘其兵入俄境奪其國擾攘不定干戈相尋無虛歲阿斯塔拉干併於薩萊惟喀桑客勒姆如故客勒姆王與俄最親嘗助俄伐其同宗明成化十四年薩萊王阿赫邁特伐莫斯克王伊萬第三兩軍陣於倭喀（河）烏格拉二河（浮而嘎河之支河）交綏而退客勒姆王受俄指使滅薩萊王國亡（宏治十四年事）阿

斯塔拉干仍自立國嘉靖三十年俄王伊萬第四滅喀桑乘勝遂滅阿斯塔拉干隆慶五年客勒姆王以兩部皆滅爲憾糾土耳其之兵長驅入俄破莫斯克屠殺官民八十餘萬焚城而去先是烏拉嶺東悉卑爾之地朮赤後王建國於求綿城其建國於錫爾河北濱者號庫程汗見圖理琛異域錄求綿作圖敏伊萬第四收撫黑海喀薩克部用其部人爲將萬歷九年遂滅悉卑爾元後裔之在西者略盡惟客勒姆部傳國最久土耳其常庇之

國朝乾隆三十六年俄后嘎特鄰第二遣將取其地後三年俄土議和仍返其地四十三年始爲俄所併今惟布哈爾機窪兩部主仍爲朮赤子昔班之後然受制於俄徒擁虛位機窪部主曾請於俄願得金錢若干遜國避位俄未之許布哈爾部主亦

有讓國之說二邦易姓亦旦夕間事也

元史譯文證補卷六終

元史譯文證補卷九

兵部左侍郎總理各國事務衙門行走加三級臣洪鈞撰

阿八哈補傳

阿八哈旭烈兀長子母伊孫欽或曰伊蘇特生於太宗七年(西一千二百三十四年三月卽位時三十一歲)從父西征躬擐甲冑軍旅之事與有勞焉旭烈兀開藩西域令轄東境之馬三德蘭義拉克呼拉商三部至元二年旭烈兀薨阿八哈自東來奔喪(西二二月初九日至)掌旭烈兀鄂爾多之首領大臣曰伊而喀以遺命相告旣畢葬伊而喀與諸大將蘇袞察克(句)蘇納台(句)阿拔台(句)台馬庫(句)辛圖爾(疑卽旭烈兀傳中辛庫爾)阿兒袞阿喀議遵遺命立新君阿八哈遜讓於弟世摩特衆不可復欲俟世祖册命衆以道阻期遠君位不可久

元史譯文證補卷九

廣雅書局栞

虛勸進再三乃卽位於察罕淖爾哈馬丹相近之地察罕謂白蒙古語猶言白湖西六月十九日卽位蒙古卽位之禮羣臣從新君朝日皆解帶置於項向日九叩首新君入幄登座羣臣朝賀如初禮西書紀太宗定宗憲宗卽位禮皆如之案元祕史太祖既娶孛兒帖居於不兒吉之地茂兒乞人來侵太祖潛於不而罕山未爲所獲向日將繫腰掛於項上帽子掛於手上行九跪禮以馬乳灑奠可知當日蒙古禮儀西域書亦正可據阿八哈自以未奉天子命不敢遽登座設小坐於下以受朝仍以射姆沙丁謨罕默德志費尼行尚書事阿兒衮阿喀司財賦弟牙世摩特轄得而盆脫以至阿拉他克阿而俺西南山弟台克實亦稱畢景轄馬三德蘭呼拉商二部以伊兒喀之子圖古司蘇衮察克之弟杜丹轄羅姆以杜而台轄的牙佩亮耳何美索卜塔米牙以希拉們轄角兒只以蘇衮察克轄報達法而斯阿拉哀丁阿塔瑪里克志費尼副之定都於

台白利司夏駐阿拉他克山名見前昔耶庫波斯語謂黑山在亦思法杭北面山內冬駐阿而俺或報達或楚喀圖近哈馬丹至元三年諾垓將奇卜察克兵侵至得而岔脫牙世摩特與戰於阿克索河庫耳河北支河無勝負諾垓傷目而退阿八哈自至聞奇卜察克王伯勒克親率大軍南來乃退渡庫耳河撤橋梁以守兩軍隔河相持十五日伯勒克思改道自角兒只境進兵而病卒軍亦罷阿八哈遂於庫耳河北達蘭淖爾以至得世庫耳提俺築邊墻使蒙古人木速而蠻人巡守木速而蠻爲從天方教之人詳西遊記鋪速滿國王注是冬東駐哥而占即元史西北地之朱里章在裏海東南角詳朱里章注次年遇其母伊孫欽哈敦與庫台哈敦庫台二子台克身台古達爾多桑此處又作托克圖爾旭烈兀孫楚木庫爾子族式喀潑句欽助他處又作景桂或作景察自蒙古至分地賦以供衆哈

敦湯沐前王宮女有所出者亦如之埃及王比拔而斯知阿八哈初嗣位又北有奇卜察克之難不遑遠略以兵攻歐羅巴之謀復耶穌墓人西國所謂紅十字會奪西里亞境内濱海數地復侵小阿昧尼亞至元三年兵入其境西一千二百六十六年八月小阿昧尼亞王海屯第一乞援於阿八哈援未至王子立盎已兵敗被擒逭蒙古兵自羅姆至敵已退海屯與埃及議和贖子歸國旋以年老傳位於立盎是時阿八哈東鄙有警聽其行成察合台曾孫博拉克廢其主謨八里克沙篡據其位與海都戰既而修好思攘阿母河南呼拉商部以益己封海都與阿八哈不協亟贊成之詳海都傳至元五年冬遣馬素特爲使麻素特見旭烈兀傳元祕史作馬思忽惕封爵爲畢故西書稱馬素特畢今新疆回部稱其酋長曰比比即畢也陽謂西域之地本屬公家太祖四子

皆得分其土地陰則探道路窺軍情馬素特既至阿八哈厚款之贈以太祖御服書謂是馬掛出示歲計簿籍明無餘財馬素特既得簿籍不辭而去其來時沿途留騎以待易馬疾馳追者及諸河已在舟中矣察合台孫尼古塔爾將兵從旭烈兀西征遂留西域博拉克貽以箭藏書簳中書云蒙古人稱為徒嘎乃之箭案明代茅元儀武備志內載韃靼方言箭信兒曰速兒補兒直音不相符而以箭傳信則固有之也約其合應尼古塔爾所部萬人駐角兒只自從阿八哈既見書歸於己軍阿八哈召之慮事泄不敢至率其部曲欲從得而盆脫出裏海北以歸博拉克為希拉們所阻戰而敗逃入角兒只希拉們追及擒致於阿八哈拘禁之誅其將弁馬素特既返博拉克師起海都助兵令阿赫每特句卜里句圖克貝句与爾孤皆察合台後人自忒耳昧城渡阿母

河察拔特定宗孫禾忽子西書禾忽作禾庫謨八里克沙即博拉克所廢之王奇卜察克
太宗孫哈丹子元史作合丹自阿母葉城渡河城亦名阿母耳故西域土人稱阿母河亦曰阿母耳河在
布哈爾西南二百里葛喀扯句貝郡爾二將自機窪城渡河格喀出亦將名
自斂克世拉克渡河阿母河將入裏海之地博拉克悉括已境之馬備戰
騎括民牛取皮製盾先遣使告布勤八脫吉斯句嘎自尼暨印
度河東居中之地皆應屬我祖察合台速以相讓布勤不允博
拉克自渡河進軍阿八哈千戶將昔扯克圖先隸奇卜察克部
下聞舊主至來歸餽馬奇卜察克分餽博拉克馬博拉克大將
札拉兒台誚其自得良馬以劣者贈人奇卜察克怒札拉兒台
亦怒互爭詬幾拔刃相向博拉克陰袒已將不爲剖曲直奇卜
察克夜率已部二千騎北趨阿母河追挽之不返未幾察拔特

亦離去察拔特行至布哈爾爲博拉克之宗王所攻衆盡沒逃至海都處旋卒博拉克屢勝畢景軍召海拉脫酋射姆沙丁海拉脫來謁許以呼拉商益封毋助阿八哈復令籍呼拉商富戶姓名以獻至元七年西一千二百七十年四月二十八日阿八哈自阿特耳佩占起師時正刈麥禁士馬蹂躪世祖使臣梅喀伯中途爲博拉克所獲乘間逸脫遇大軍以敵情告軍至庫姆斯地見西域上傳遇布勒敗兵阿八哈至徒思使往議和許割嘎斯尼起兒漫二部博拉克將約速耳謂可允將范孤耳謂軍入敵境宜乘勝進何自沮抑阿八哈西鄙多事必未自至自至者妄言耳札拉兒台亦謂既欲和何必渡阿母河博拉克乃遣諜三人往探阿八哈至否邏者獲之阿八哈令人僞爲急遞譁譟入營謂北兵已過得而盆脫卽倉皇傳令拔營而西勿擕

輜重令人殺諜者而故縱其一自駐兵於平壤待戰諜之逸者以所見聞歸報博拉克亟進見惟空營遺輜重益信爲實復前行將出山突遇阿八哈大隊阿拔台將中軍牙世摩特將左翼布勤將右翼起兒漫法而斯羅耳兵皆從然博拉克軍仍勇戰牙世摩特左翼爲札拉兒台所敗左翼將蘇納台年踰九十見事亟下騎堅坐麾兵再接衆軍益氣奮乃大勝博拉克墜馬換他騎而上始得脱遺兵過阿母河不能成列至布哈爾僅餘五千人以墜馬受傷乘肩輿入城阿喝昧脱置克貝皆叛去博拉克復集兵三萬與戰殺之使弟亦速爾往告海都海都拘之旋引兵自至海都至而博拉克薨時至元七年瓦薩甫云爲八毒死謨拔八來克沙等投入海都阿八哈仍留畢景駐守呼拉商自引軍西行至

低楞遇土八行剌(當即木剌夷人)羅耳酋約索甫沙下馬亟救得免益封羅耳旁境及庫昔斯單之地以旌其功是年冬世祖使命至錫以冠服冊封爲汗阿八哈至是重行即位禮奇卜察克王忙哥帖木兒亦遣使來賀博拉克既薨其子伯克帖木兒(句)篤哇(句)布里亞(句)忽拉洼夷與阿魯忽之二子楚班(句)基顏合兵攻海都躪阿母河北地數與海都戰而數敗謨罕默德志費尼告阿八哈彼之爭我之利也然必有一勝勝者併其衆禍必及我宜先擾其地勿使生聚乃遣捏克拜巴圖爾(句)察而杜(句)阿克貝將一軍渡阿母河而北約索甫(句)喀而噶帶(二將皆成帖木兒之子)楚而喀達夷(句)伊拉布哈將一軍自呼拉商循阿母河之西以擾烏爾鞬赤(見西域傳)機窪之地至元九十年間(西一千二百七十三年正月二十九日)

揑克拜一軍入布哈爾焚掠七日虜民五萬以歸楚班基顏率兵來追奪所俘之半阿母河北居民益不聊生後數年馬素特復來治始復業焉埃及王比拔而斯攻西里亞之歐洲人即謀復耶穌墓之紅十字會人數年兵不解來乞援阿八哈令駐羅姆將薩馬嘎爾率萬人於至元八年入西里亞前鋒爲貝住之子阿穆爾至阿勒坡守兵皆遁冬比拔而斯自丹馬斯克來援蒙古兵退埃及兵取哈俺城而歸阿勒坡西近俺體約克次年蒙古兵又奪哈俺毀其城俘其民當薩馬嘎爾未起師時比拔而斯欲與蒙古行成遣二使見薩馬嘎爾於昔挖斯城因以謁阿八哈先是忙哥帖木兒屢約埃及合兵來攻使人無意中洩其語阿八哈聞之勃然離座越日遣歸和議不成而兵起至元九年阿八哈遣使至丹馬

斯克要比拔而斯自來議和比拔而斯亦要阿八哈自往以答之是年冬蒙古攻陛而哀城（哀甫拉特河濱）比拔而斯自來援以馬駝負舟舟可分可合既至哀甫拉特河步卒乘舟騎兵泅水敗守河蒙古兵殺其將（西十七月十一日）攻城之軍乃退至元十一年令阿剌比之貝杜音人（族類之名）往擾蒙古界至諳拔爾城比拔而斯先與小阿昧尼亞立約十年不犯兵（西一千二百六十八年所立即至元五年）及第七載責其不遵約納貢多築城堡等事廢前約至元十二年比拔而斯入小阿昧尼亞分兵赴陛而哀牽制蒙古援兵大俘獲而退是年冬蒙古將阿拔台攻陛而哀以天寒糧乏退兵羅姆兩王分治始共一相繼而各自立相屋肯額丁開立嵩阿斯蘭之相爲謨因遏丁蘇立曼常稱之曰配而斡迺猶云宰相也（以下省文）

稱配而斡迺亦思阿丁開喀而甫司曾通使於埃及配而斡迺發其事蒙古監治官阿林札克以聞旭烈兀令殺之逃入東羅馬時東羅馬王與蒙古和好嫁女於旭烈兀雖收納之而拘於別城未久伯勒克與布而噶耳人擾東羅馬過巳而剛山今土耳其境光緒五年俄土大戰於此山入其城挈亦思阿丁而去伯勒克薨忙哥帖木兒封之於克勒姆之地即西北地附錄之撒吉剌詳見釋地屋肯額丁獨主羅姆全境而權歸配而斡迺已如守府積不能平配而斡迺復賄結蒙古官誣其主謀叛既得命宴其主於私第以弓弦縊之死至元四五年事立其子結牙達丁甫四歲嗣位至九年國中貴臣欲背蒙古從埃及與配而斡迺表裏而斡迺亦通埃及而陽助蒙古洩其謀貴臣多逃入埃及以國中虛實告勸發兵至元十四年比拔而

斯兵至阿勒坡（西一千二百七十七年四月初七日）分兵赴哀甫拉特河阻援兵自入羅姆先敗蒙古小隊繼於阿白拉斯丁城遇大軍凡十一隊隊千人圖古司（句）倭而洛克圖（二將告伊而喀子）杜丹統之配而斡迺亦率兵從蒙古左翼攻其中隊還合於右隊繼而三隊齊奮進比拔而斯躬冒矢石殺圖倭二將蒙兵是役死者六千七百七十人埃及兵陣亡亦無算（書紀比拔而斯令盡埋已軍之亡者以掩其迹因得蒙古兵死數角兒只兵三千亡二千當亦在內）遂躪羅姆收下各城配而斡迺奉其主逃避遣使賀捷比拔而斯令歸治事以畏蒙古不敢遽應比拔而斯亦畏蒙古不敢久留即班師羅姆旁近小部曰喀阿蠻亦畔蒙古冒埃及旗幟以擾羅姆柯尼亞都城聞阿八哈將至乃退阿八哈得敗信自將起師（是年西七月自台白利司起師）比至羅姆則敵已先一月

去經阿白拉斯丁城見積尸如山大哭詈配而斡迺不多出兵以助以羅姆人從埃及大殺掠射姆沙丁謨罕默德志費尼力勸乃止令弟空庫斡台留掌羅姆兵歸經貝布而堡堡長出謁請容一言許之乃曰汗所仇者埃及今多俘羅姆民何也阿八哈悟責諸將不善導已盡返所俘旣而聞配而斡迺陰結埃及乃責三罪一戰而逃一軍警至不亟報一敗後不即來謁至元十五年戮之於阿拉塔克西一千二百七十八年七月二十三日遣射姆沙丁謨罕默德志費尼往羅姆整飭庶事比拔而斯自羅姆凱旋至丹馬斯克病卒西一千二百七十七年六月初八日至三十日卒祕不發喪歸至國都立其子賽夷特至元十六年秋西八月十七日賽夷特被廢大將賽甫領丁開拉溫欲自立恐衆不服立比拔而斯次子僅七歲遍樹黨

與冬乃廢主自立西十二月二十七日開拉濕亦奇卜察克人蒙古掠賣而入埃及國有內亂十七年秋西十月十八日蒙古兵破阿勒坡下其三城大掠而去十八年阿八哈令弟莽孤帖木兒統師角兒只小阿昧尼亞兵皆從與開拉溫戰於哈馬句希姆斯中界埃及遣人偽降臨陣時刺莽孤帖木兒墜馬主帥受傷軍亂敵兵乘之遂敗蒙古右軍先已敗埃及左軍追至希姆斯城下駐兵以待後軍而久不至遣探則中左軍已潰亦亟退埃及兵逐於後軍渡哀甫拉特河多溺斃有避入沙漠者亦暍餓死阿八哈自率師爲後援躪哀甫拉特河濱數堡困陸而哀城未及渡河而前軍敗遂退大恚憤至元十九年春歸至哈馬丹驟病而薨西四月初一日年四十八歲在位十七載葬於父墓旁二子長阿魯渾次乞喀都案蒙古語音似當作乞哈

都

或謂薔喀圖其見於宗室世系表則曰亦憐眞朶兒只妃八八一爲東羅馬王密喀哀兒巴里洛克之女旭烈兀與東羅馬通好欲結爲婚姻西俗一夫惟一婦蒙古多後宮東羅馬王難之而重違其請乃以私生女瑪里亞非妻所出外遇所生則名爲私瑪里亞爲耶穌母名許字送婚中道而旭烈兀薨遂歸阿八哈以是厚撫天主教人數與天主敎王英法諸國通使命阿八哈治西域興文教科者納昔兒哀丁治法家言通曉人術著有測日儀器麻算等書講輿地學者只馬拉丁与庸式講樂學者阿白圖而謨愛明人才稱盛境内亦稱治焉

元史譯文證補卷九終

元史譯文證補卷十

兵部左侍郎總理各國事務衙門行走加三級臣洪鈞撰

阿魯渾補傳

史表阿八哈之下有阿魯必即阿魯渾而奪渾字西書稱爲阿爾袞照元史人名譯音必是渾字

阿魯渾阿八哈長子母海迷失亦哈赤由宮女得幸至元二十一年台古塔爾既被弑阿魯渾卽位西一千二百八十四年八月十一日令貝杜轄報達楚世喀潑轄的刃佩壳耳忽拉朮轄羅姆阿宰轄角兒只長子合贊轄呼拉商馬三德蘭等地以景赤尼佛魯慈輔之任布哈爲相畀黃金等其身以酬其功射姆思哀丁阿塔瑪里克志費尼比於前王懼及禍逃往亦思法杭復入羅耳羅耳酋約索甫沙先奉台古塔爾之命助兵攻阿魯渾約索甫沙感阿八哈恩遇不欲攻其子未幾兵亦罷至是往賀卽位兼爲射姆

思哀丁綏頻射姆思哀丁素與布哈交好意必爲援乃自入謁阿魯渾令副布哈治事未幾有怨者搆之於布哈遂以黨於前王付刑官訊罪處之死是年西十月多桑云波斯人聞其死皆流涕霍耳鄂特則云人有才而狡獪故多不滿意者收其家產一子亦死貝杜部將亦殺哈耳俞前傳云其弟此又云其子多桑云尚有二孫其後沙特倭而導勿雷言於阿魯渾給還其產約索甫沙歸國旋病卒長子額弗拉西阿白嗣爲阿塔畢次子阿黑每特留於朝世祖使命至封阿魯渾爲汗西一千二百八十六年二月二十四日使者名曰鄂爾多海亞此多桑說也霍耳鄂特云是年西九月二十三日使臣爲博拉丞相未知孰是案西厤是年爲世祖二十三年本紀是年十一月命塔叉兒忽難使阿兒渾似卽此事年分相同而月分在後又使者之名亦異不能脗合亦封布哈爲丞相赦九死罪阿魯渾乃行卽位禮凡赦令必由布哈加印而後行庶事得專決法而斯有大戶曰法克哀丁哈山有祖遺地產在設喇斯

城爲故酋阿卜佩壳耳取以充公乃呈契券於阿魯渾稱願獻納阿魯渾欲之而非所轄地力不能及既卽位乃命往收其地爲己私產布哈謂設喇斯亦國家土壤何必自私阿魯渾不從令圖格察爾專主其事不屬於布哈遂强占法而斯民田布哈聞之大恚布哈有治才而性嚴衆將多與不睦徒干有寵於阿魯渾密言其專權自恣親王大臣奉令惟謹昔時台古塔爾遇之有恩勢位尚微一旦倒戈相向振臂一呼從者響應今兵賦大政皆在掌握設有異謀易如反掌阿魯渾猶未爲然布哈與他將飲於公宮醉而爭詈阿魯渾不罪爭者布哈益愠稱疾不朝密與楚世喀潑等立約廢主兼結角兒只酋爲應至元二十六年楚世喀潑因賀正旦發其事以約稿爲證阿魯渾大怒立

命土拉戴徒干等捕布哈誅之籍其家子四人悉伏法西一千二百八十九年正月十七日其弟阿洛克亦被殺角兒只東酋迪密脫利爲達鄙忒第四之子以同謀亦死令邢林達比特之子瓦世當第二兼主東西國事於是角兒只復合爲一阿八哈在位時有哀而陛耳大商牙庫白謁世祖而回道卒世祖使人阿釋謨特與同行挈其二子以至阿八哈令其長子馬素忒爲毛夕耳哀而陛耳守吏阿釋謨特輔之西書云一千二百七十六年合諸中歷爲至元十三年世祖本紀至元十年正月詔遣札朮呵押失寒崔杓持金十萬兩命阿不合市藥獅子國持金市藥自是商人之事或即此惟至元十年爲西一千二百七十三年行役三載未免過遲豈以采藥之故紓緩程途乎押失寒與阿釋謨字音頗近餘二名不合然西域人名尤長各執一端以爲之稱便不相符則又未可遽斷也阿釋謨特先爲怨家所害阿魯渾即位仍令馬素忒居舊職諂事布哈惟命是從因是亦被殺楚世喀潑

之發逆謀阿魯渾始甚德之繼疑其同與立約或恐事洩故先發事後亦殺之是年酉六月尼佛魯慈輔合贊於東方自以與布哈同功一體恐禍且及己詭言閱兵防阿母河北敵人既離合贊陰聚所部煽結黨與合贊時駐徒思潛兵刦營而合贊適他往未被獲合贊聞警又聞忽喇朮與通亟往馬三德蘭擒忽喇朮檻致於阿魯渾與牙世摩特之子哈拉布哈同死是年酉十月初七日是年之春奇卜察克兵自得而盆脫來攻阿魯渾自將往禦行至沙陛耳俺城酉四月二十七日前鋒將昆竺克巴兒句圖格察爾句土古兒哲已退敵遂還聞尼佛魯慈之叛恐合贊兵寡令圖格察爾移師助討酉五月合贊先往攻不勝退而待援比援至貝杜亦帥師至合兵進往尼佛魯慈見不敵卽引遁自薩伯自窪城入

沙漠繞行東北經巴達克山至突而基斯單附於海都合贊不及追以乏糧遣援軍西返自駐你沙不兒海都旋令阿部干海都子月思伯克帖木兒察合台第五代孫將三萬人與尼佛魯慈來擾合贊守徒思以衆寡不敵引退於是尼佛魯慈等大擾呼拉商之地阿魯渾既誅禿哈以猶太人沙特倭而導勿雷代之先以醫伎入侍能蒙古語發阿洛克侵蝕公項罪令赴報達查究得實遂掌報達財賦府庫以充至是職如宰相阿魯渾以天方教人不足用故特擢任以蒙古官鄂爾多海亞副之名見前注又令楚實有庫札當即火者之異譯爲之佐乃定聽訟之法刑官讞斷將領不得與擅禁擾郵驛培植士子養贍耆老咸善政也然蒙古武帥皆不得權滋不悅阿魯渾令徒干率兵繼往呼拉商平亂尼佛魯

慈旋遁去軍亦返沙特倭而導勿雷聞徒干淩轢郵吏索馬逾額勘驗得實責徒干杖七十由是怨深阿魯渾信喇嘛言服金石藥冀長生不接見臣下惟所信任數人得入對服藥得病治既痊又服之病遂增劇沙特倭而導勿雷謀於衆赦囚縱罪祈獲天佑而病仍不瘳因釋獄囚乃知牙世摩特忽喇朮之子在獄皆被殺宗親死者已十三人訊由伊苔赤矯命行刑阿魯渾無是意也星者謂此十三人負屈爲祟以致主病於是大將圖格察爾昆竺克巴見都嘎爾等殺伊苔赤復以不能見君爲忿遂殺鄂爾多海亞楚實庫札於倭洛克哈敦之鄂爾多阿魯渾正妃兼殺沙特倭而導勿雷多桑云志費尼等書謂阿魯渾刑罰重由其逢君之惡然天方教人不喜猶太人得權位毀之太過不足爲憑此數人者皆常入內議事阿魯渾不見此數人

至知有變病益革至元二十八年春薨於阿而俺病凡五月西一千二百九十一年三月初七日葬於昔嘎斯山阿魯渾喜燒丹鍊汞東方術士趨之如鶩阿魯渾謂明知此輩意在誑財然葉公好龍眞龍乃下將以此爲招也黃金可成長生藥可致何爲先吝哉在位時埃及一來擾至元二十三年埃及騎兵千人自阿勒坡趨麻耳頓直至毛夕耳蒙古兵五百出禦傷亡及半埃及兵亦即退長子合贊次子合兒班荅別有傳霍耳郛特云有六子其人之言不盡可憑故不採入

元史譯文證補卷十終

元史譯文證補卷十一

兵部左侍郎總理各國事務衙門行走加三級臣洪鈞撰

合贊補傳

元史作合贊合讀如哈西書作喀贊蓋哈喀之異譯

合贊阿魯渾長子生於世祖至元八年西一千二百七十一年十一月三十日阿八哈聞孫穎異亟欲見之阿魯渾親送之往阿八哈留不遺以屬其妃布魯干哈敦使撫育哈木耳云阿八哈妃杜載哈敦亦願撫育阿八哈答以蒙古俗語如曰細嫩之肉已齕於齒意謂布魯干必不割愛也蒙古謂齒曰合贊遂以爲名案合贊之解無考多桑亦未載是說故附紀注中

合贊幼時輒集兒童列陣攻擊爲戲五歲就傳習蒙古回紇文字騎射擊球等事罔弗習八歲已能從祖父獵十歲阿八哈薨應是十一歲西人必滿一年始爲一歲蒙古人在西域或亦如是阿魯渾娶布魯干合贊復從父居於東迨阿魯渾即位令轄呼拉商等地阿魯渾再娶一

妃亦曰布魯干繼適亦憐眞朶兒只後歸合贊故合贊妃亦曰布魯干哈敦成宗元貞元年合贊師至台白利司諸王蘇凱等率衆來迎既入都諭民相輯睦大臣毋陵害其下令毁佛寺及天主猶太各教堂合贊先奉佛曾於呼拉商之哈布禪城建造梵宇日與浮屠談讌其中竭誠祇奉迨與貝杜爭位始入謨罕默德教且詆斥釋氏以收衆心其後小阿昧尼亞王海屯來謁卑辭厚幣請無毁天主教堂合贊允之改令國中專毁像教祠宇而天主猶太教堂得不廢遣尼佛魯慈（句）奴爾蘭（句）庫特魯克沙捜捕貝杜黨與昆笁克巴兒圖噶爾伊爾達兒伊兒乞歹等皆就戮惟土拉載（句）哲察克（句）伊達柱三人杖而免死（貝杜傳有都達蘇疑卽此之伊達柱）是冬卽位不曰汗曰蘇爾灘（西十一月初三日）論翊戴功

拜尼佛魯慈爲大將位諸臣右賜券書以沙特兒哀丁爲相尼佛魯慈建議凡誥命必稱上帝及謨罕默德名印璽改圓式定百官爵秩合贊悉從之察合台後王篤哇海都子薩兒班合兵侵呼拉商遣親王蘇凱大將尼佛魯慈往禦時帑竭饟絀預徵次年民賦以資軍實蘇凱自以旭烈兀之孫於序當立（世次見旭烈兀傳）與其黨巴魯拉謀將刺尼佛魯慈於軍而廢合贊約台朮同舉事（忙哥帖木兒子）台朮佯受約密告尼佛魯慈空營設伏伺之蘇凱等至伏發斬巴魯拉蘇凱敗逃賀爾庫達克追及殺之叛軍復推阿爾思蘭爲主（霍耳鄂特云是太祖弟朮赤哈撒兒後人）圖犯台白利司城合贊聞變慮禁兵少且習亂乃稱出獵部勒將士行及中途突命迎擊叛衆初戰不利賀爾庫達克率二千人來援遂斬阿爾思蘭

盡降其衆時元貞二年春也西三月間二月之内凡誅親藩五人叛臣三十八人事定尼佛魯慈師至呼拉商敵已飽掠渡阿毋河而去蘇凱之亂戍守報達之衞拉特兵亦叛首將塔爾蓋以附貝杜幾羅大戮至是率所部往投埃及的歹佩壳耳守將讓雷往追爲所敗逃軍至西里亞埃及王開特博噶收撫其衆並加擢用焉沙特兒哀丁不協於尼佛魯慈奏褫其職只馬兒哀丁代爲相或誣沙特兒哀丁交通蘇凱諸有司之侵帑舞弊者憚其復用證成其罪已論死矣賀爾庫達克平叛藩歸爲辨寃始得釋合贊以圖格察爾反覆橫恣既令轄羅姆使遠於朝復欲除之遣庫門乞往賜書襃獎以安其心而潛結諸將領執圖格察爾謂之曰國家大義通敵賣主者殺無赦王不能以私情廢

七月諸王合贊自西域來貢珍物不應行役五年始至或是兩次入貢或年分有訛元史載西北藩王方物之貢實自合贊始未可以其改從異教而沒其善又拉施特哀丁自序云是時合贊遣以入朝蓋非正使故其作史不列己名下云留四年始歸當是先正使而返

且以金錢十萬市中國貨物使臣至成宗優禮之賜酒慰勞謨阿臧等留四年始辭歸還詔報合贊賜賚甚厚憲宗之世有分賜旭烈兀位下絲帛久儲於府至是遣使頒致與來使偕行謨阿臧道卒案元史食貨志睿宗子旭烈大王位歲賜銀一百錠段三百疋五戶絲丁巳年分撥彰德路二萬五千五十六戶延祐六年實有二千九百二十九戶計絲二千二百一斤丁巳爲憲宗七年西域書與元史合

大德二年秋以火者薩特哀丁爲相駐羅姆帥蘇拉迷失叛殺副帥畢音察爾句　別乞庫爾三年春庫特魯克沙敗其眾蘇拉迷失逃入埃及引軍來犯擒斬之海拉脫酋法克哀丁以縛獻叛犯功受券書章服既而有異志不納貢賦尼古達爾舊部見阿

八哈傳散爲盜者皆招致爲兵使出劫掠三年夏合贊令弟合兒班答往討相持半月餘兩軍傷亡甚多城中教士出爲排解納金錢十萬的那以乞和兵乃罷巴兒圖之亂疑羅姆王馬蘇特與通廢之立阿雷哀丁四年復立馬蘇特越四年卒自是羅姆不復立王以蒙古官分治之羅姆本富饒地自蒙古兵將需索朘削民不聊生突厥遺族自太祖太宗時避兵至羅姆西境擁衆據地有元之季日以盛强號握蠻厥後吞併諸國滅東羅馬是爲今之土耳其國土耳其者突厥之異譯也詳西域上傳注中埃及蘇爾灘阿式阿南沙拉哀丁喀里兒於至元三十年被弑西一千二百九十三年十二月大將開特博噶討殺亂黨立開拉溫三子那雪爾時年九歲次年冬國人廢幼主開特博噶本蒙古人旭烈兀敗軍

公義遂殺圖格察爾駐羅姆將巴兒圖自阿魯渾時即握兵柄屢徵入朝輒托詞不赴聞圖格察爾誅即舉兵反合贊命庫特魯克沙討平其亂蘇拉迷失誅巴兒圖以大羅耳不助賀爾庫達克兵讓殺其酋額弗拉西阿伯立其弟阿黑每特爲阿塔畢小羅耳酋爲同族所殺執弒主自立者廢之立瑪素特爲阿塔畢尼佛魯慈恃功驕蹇合贊意頗厭之尼佛魯慈總制東方兵柄以妻病往阿特耳佩占探視委軍事於奴爾蘭未幾台术所部棄伍逃合贊不悅促令赴軍中尼佛魯慈請卒視妻病而返朝臣言其以私廢公請逮治合贊曰此未足以箝其口也既而其妻托紺珠公主病卒尼佛魯慈乃往呼拉商奴爾蘭入朝訴其過失並與齟齬狀合贊令弟哈兒班荅往代奴爾蘭初尼佛

魯慈助合贊爭位時慮力不足介報達商人凱薩爾致書埃及國主依埘敎誼乞以兵援比答書至合贊已得國尼佛魯慈令記室改易埃及答書乃以上呈至是事覺奴爾蘭等因劾其通敵欺罔尼佛魯慈在外自知眷衰遣衞拉特人薩忒耳哀丁入朝寄耳目而其人反爲合贊所用使往報達購凱薩爾執以歸時沙特兒哀丁復相與弟庫脫拔丁僞爲尼佛魯慈致埃及執政書請藉兵力誅鋤異己弟哈濟那蘭句勒格濟共爲內應事成割地爲報先奉衣服若干事納書及衣於凱薩爾篋中復爲尼佛魯慈致弟密書往見哈濟那蘭乘閒納書囊中合贊廷鞫凱薩爾通敵引寇諸事皆不承搜其篋則衣與書在焉立命殺之捕尼佛魯慈家屬無男婦老幼悉誅擒哈濟那蘭至搜獲密

書誣服論斬諸昆弟勒格濟句薩德兒迷失等盡死尼佛魯慈稱兵反時大德元年春夏間也西一千二百九十七年四月夏命庫特魯克沙率諸將往討西六月戰於你沙不兒尼佛魯慈兵甚衆而將領不從叛先散衆遂潰敗尼佛魯慈以數百騎遁入海拉脫其酋法克哀丁爲所輔立故收納之庫特魯克沙至圍城令獻叛犯法克哀丁出書以示尼佛魯慈益德之或謂之曰公孤寄於此大軍壓境城主未可深恃不如執之用其兵以退敵事後報之以德此防患未然之道也弗從語聞於法克哀丁則大駭其下咸謂以全城殉一人非計彼已背永不犯上之誓我背誓庸何傷乃請分其將士於各軍率以出戰既墮計遂悉成擒獻諸庫特魯克沙誅之傳首都城子弟咸就戮尼佛魯慈父阿兒渾自

憲宗二年受命鎮守西域子九人多尙主一門鼎盛至是族滅云當亂時或謂台朮曰合贊若廢以次必立王語爲合贊所聞殺台朮是冬合贊下令改服色以布帛纏首廢冠制駐冬於阿而俺聞角兒只西內亂昆弟爭國令庫特魯克沙平之立瓦世當第三庫特魯克沙自角兒只歸以其地征賦不善爲詬沙特兒哀丁聞之先告合贊謂其縱兵蹂躪角兒只於是庫特魯克沙有所陳奏輒不入知必有中傷之者以詢沙特兒哀丁則曰此某醫之所爲也庫特魯克沙以語拉施特哀丁白諸合贊合贊召至告之曰沙特兒哀丁實譖汝而嫁禍於人險詐如是不可復畱命與庫脫拔丁同棄市大德二年遣使臣謨阿臧法克哀丁阿喝美特句布喀伊耳赤入朝貢珍珠寶石獵豹案成宗本紀惟大德八年

七月諸王合贊自西域來貢珍物不應行役五年始至或是兩次入貢或年分有訛元史載西北藩王方物之貢實自合贊始未可以其改從異教而沒其善又拉施特哀丁自序云是時合贊遣以人朝恭非正使故其作史不列已名下云閱四年始歸當是先正使而返且以金錢十萬市中國貨物使臣至成宗優禮之賜酒慰勞謨阿臧等留四年始辭歸瀘詔報合贊賜賚甚厚憲宗之世有分賜旭烈兀位下絲帛久儲於府至是遣使頒致與來使偕行謨阿臧道卒案元史食貨志睿宗子旭烈大王位歲賜銀一百錠段三百疋五戶絲丁巳年分撥彰德路二萬五千五十六戶延祐六年實有二千九百二十九戶計絲二千二百一斤丁巳爲憲宗七年西域書與元史合

大德二年秋以火者薩特哀丁爲相駐羅姆帥蘇拉迷失叛殺副帥畢音察爾何別乞庫爾三年春庫特魯克沙敗其衆蘇拉迷失逃入埃及引軍來犯擒斬之海拉脫酉法克哀丁以縛獻叛犯功受劵書章服既而有異志不納貢賦尼古達爾舊部見阿

八哈傳散爲盜者皆招致爲兵使出劫掠三年夏合贊令弟合兒班答往討相持半月餘兩軍傷亡甚多城中教士出爲排解納金錢十萬的郲以乞和兵乃罷巴兒圖之亂疑羅姆王馬蘇特與通廢之立阿雷哀丁四年復立馬蘇特越四年卒自是羅姆不復立王以蒙古官分治之羅姆本富饒地自蒙古兵將需索朘削民不聊生突厥遺族自太祖太宗時避兵至羅姆西境擁衆據地有元之季日以盛强號握蠻厥後吞併諸國滅東羅馬是爲今之土耳其國土耳其者突厥之異譯也詳西域上埃及傳注中蘇爾灘阿式阿南沙拉哀丁喀里兒於至元三十年被弒西一千二百九十三年十二月大將開特博噶討殺亂黨立開拉溫三子郲雪爾時年九歲次年冬國人廢幼主開特博噶本蒙古人旭烈兀敗軍

希姆斯之役開特博噶在軍中尚幼被擄開拉溫愛而撫育之至是遂爲蘇爾灘以拉勤爲相元貞二年拉勤逐去之而自立以寵奴芒穀帖木兒爲相且欲傳位慮大臣不服漸以事罷諸統帥擢用其黨次年令大將伯克大石攻阿昧尼亞督兵出境所以遠之也阿昧尼亞王海屯第二自朝合贊還以事偕其弟托洛斯赴東羅馬次弟生拔脫監國旋篡兄位飾辭得受合贊冊封婚王族女比海屯歸拒不得入將赴訴於合贊又爲生拔脫先入之讒被執矐一目托洛斯被殺其弟亢思但丁乘埃及之警囚生拔脫而自立請成於敵不許奪其城堡十一處乃退兵時埃及內亂鎮帥奇卜察克句哀爾別乞句伯克帖木兒皆爲芒穀帖木兒所搆奔於合贊國中親軍忿誅統將古兒濟殺

廣雅書局栞

拉勤芭穀帖木兒而立圖格濟會伯克大石自阿昧尼亞還師討殺圖格濟古兒濟迎立邢雪爾時年十四矣奇卜察克等之來奔也合贊待以殊禮賞賚駢蕃思用其力以謀埃及時埃及之西里亞兵入的牙佩克耳劫掠合贊益怒定議親征兵十人中抽五賫六月糧大德三年秋（西一千二百九十九年十月十六日）自台白利司起師冬次哀甫拉特河（西十二月七日）留兵萬人守後路騎卒九萬以庫特魯克沙謨雷為前鋒抵阿勒坡（西十二月十二日）捨而不攻軍士縱馬食麥田令曰馬不可以食人食犯者斬諸軍肅然過哈馬特亦捨不攻軍至撒拉米治聞埃及兵已至希姆斯邢雪爾親自督軍時蒙古軍遠行疾馳馬多斃將士甚恐合贊令曰埃及親軍驍勇善戰恃馬良利衝突今我以步隊當之勝騎戰也自

撒拉米治進師距敵百里而止西十二月二十二日次日進至郱蘭蘇河忽憶是日爲禮拜三日教禮不應戰乃駐軍而埃及兵猝至急率中軍迎戰調後軍張兩翼禦之戰少挫合贊引中軍退埃及軍逐之馳一時許陣復接埃及一軍潰別軍援之殊死戰復出鐵騎五百短刀奮斫直衝中堅兵多傷以强弩攢射之馬返竄亦傷埃及軍庫特魯克沙率右翼鳴角以進埃及誤以爲合贊軍併力攻之右翼敗死者近五千人庫特魯克沙率餘騎奔中軍合贊麾右翼猛進中軍繼之以弓箭手萬人居前矢下如雨埃及前鋒旁翼先後潰中軍亦不支蒙古軍乘之遂大潰遺甲仗滿地追至希姆斯抵暮止營令謨雷率五千人窮追之是役也合贊以堅忍轉敗爲功而右翼之敗適成餌敵之計焉羅姆

守將阿瑯世嗒偕阿昧尼亞王海屯第二率五千人來會軍勢益張時阿昧尼亞人以圖讖之說廢亢思但丁復立海屯故海屯率兵請自効希姆斯城乞降發其庫藏分給將士進至達馬斯克亦迎降越日西一千三百年正月二日蒙古官入城宣讀示諭謂我來誅亂臣耳我保衞謨罕默德教禁士卒入城擾民汝民亦無得欺陵異教其各案堵如故遲日合贊自至城中訪諸勝蹟令衞士守一門而門其餘雖從官亦不得擅入民益感德輸金錢百萬餉軍埃及將厄爾朮法世守内堡不下諭降不從諸將請攻合贊不許阿昧尼亞兵怨埃及人切骨破撒里希牙城焚掠成墟蒙古別隊亦焚毁美側忒句達利阿二城達馬斯克城雖免兵燹而四鄉亦被掠催督餉需供應行館亦復民不聊生矣謨

雷之追敵也直至喀雜忒城遇埃及兵輒攻殺之既不及追乃整旅還時輸餉已清炎熱漸作（阿眛尼亞人海屯著書則謂察合台後王有兵警至故合贊郎歸）合贊以奇卜察克轄達馬斯克省伯克帖木兒轄阿勒坡哈馬特希姆斯三省哀爾別乞轄薩弗特（句）忒里波利等城亙希阿（西域故王只拉兒哀丁之子）司賦稅令庫特魯克沙統兵鎮守西里亞全境大德四年春（西二月四日）大軍東返合贊既行庫特魯克沙遽下令攻達馬斯克內堡而守禦甚固攻半月不能下而去以軍事委謨雷先合贊傳諭西里亞境內悉降附既而諸城知蒙古軍不能久駐埃及兵旦夕必復出故拒命者多那雪爾歸國補軍額繕器械聞合贊已去奇卜察克等皆在西里亞乃亟出兵手書招三將回故國於是奇卜察克等叛歸謨雷亦棄達馬斯克

全軍東返西四月計據有西里亞僅百日合贊旣班師鋭意政事夏如梅拉喀西六月四日觀天方臺考儀器亦建臺於台白利司自運巧思刱製新器訪古賢人墓慨然曰死而不朽其樂有甚於生也大興版築之役學塾書院養濟孤貧施治疾病之所以及橋梁道路水泉井沼罔不備舉引哀甫拉特河開三渠溉田悉成沃壤貧乏寡婦官給棉使紡以餬其口秋再伐西里亞以庫特魯克沙爲前驅自將大軍繼後冬渡哀甫拉特河西一千三百一年正月六日次阿勒坡守將南遁埃及兵出禦至哈馬特時淫雨四十日餽運不繼士馬凍餓蒙古軍亦阻於雨駝馬多斃大德五年春兵罷西二月三日合贊還夏遣使如埃及請棄怨修好冬使還埃及答書亦願和款而詞意不屈大德六年奇卜察克王脫脫今改托克托勝

於元史舊譯使來請阿而俺句阿特耳佩占兩省之地弗許秋三伐西至亞令諜雷秣厲以待復遣前使往埃及以稱藩納幣等事要之答書不允且餽軍器示能用武合贊怒拘其使大德七年春師遂進令庫特魯克沙與出班諜雷等率五萬人深入自駐哀前拉特河東以待霍耳鄂特書於此紀云聞篤哇與王師戰而受傷海都死案元史類編駙馬阿失大德五年從晉王討篤哇戰于哈剌苔山射篤哇中膝篤哇僅以身免元史忽憐傳亦載而無年分海都之沒合月赤察兒牀兀兒等傳較之當在大德六年霍耳鄂特所紀或出西域書可以引證元史多桑未載故附注於此師及哈馬特越達馬斯克而南與埃及大隊遇西四月庫特魯克沙敗其右軍諜雷率眾追之旣而中軍左軍齊至庫特魯克沙幾不支出班庫爾迷先丕來援始免於敗暮止戰屯山上埃及兵屯山下軍眾勢盛諜雷恐明日戰不利夜引所部退埃及有厮卒被擒脫

歸言蒙古軍不得水病渴可乘日出蒙古軍鼓勇下山埃及兵力竭之殊死戰至午蒙古軍稍卻爲所圍而虛其一面於是角兒只兵先潰諸軍亦相繼潰望河而奔有陷沮洳者埃及兵逐於後次日追及蒙古軍以馬疲不能行多棄械就死又或爲鄉導所紿竭死沙漠庫特魯克沙回至克沙甫西五月七日謁合贊陳兵敗狀合贊遂歸以出班殿後曷護殘卒召至優獎之卽喪師之罰徧逮諸將分別誅謫杖責有差出班雖殿後有功亦受杖秋如台白和司蒐閱軍實圖再舉遣使英法諸國請發兵西里亞復耶穌墓得目疾求中國醫治之有進印度馴象者乘以出遊養痾大將奴爾蘭阿喀卒卽前之奴爾蘭而加阿喀之稱以與旭烈兀傳阿兒渾阿喀同庫特魯克沙代之屯阿而俺北界台白利司教士另庫自彝謀

遂附會讖書欲立亦憐眞朵兒只之子阿拉佛郎事覺逮訊詞連世祖使臣納息爾哀丁合贊曰此必沙特兒哀丁餘黨之所爲也嚴訊果服誅歹庫白安置阿拉佛郎於呼拉商大德八年春病痊出獵旣而復病知不起召武帥庫特魯克沙出班謨雷等文臣火者撒特哀丁拉施特哀丁等屬以大事傳位於弟哈兒班荅勉諸臣同心輔佐壹遵所定法度行夏合贊薨西五月十七日葬於台白利司自造之墓年三十四西人只作三十三妃八人布魯干哈敦生子女各一子阿爾珠女額爾賽庫特魯霍耳鄂特云生二子皆早卒

合贊沈毅果斷訓勉將士詞旨愷切賞罰必當故人樂爲用卽位之初府庫空虛餽賜不給或議其吝迨經營兩載賚賜振恤無虛日而度支弗匱善辭令諳阿剌伯波斯印度等處方言通

古今各國風土人情尤熟於蒙古掌故世系族派姓氏記識靡遺命拉施特哀丁作史凡述蒙古事皆面奉告誥而後載筆（拉施特史序自云如此）多藝巧以新意刱製雖巧匠弗逮先世將相用事其主惟以聲色狗馬爲樂鄰國使至弗問也合贊躬攬庶政百官有司奉令惟謹他國使至必親延接道其國史事風俗歷歷如覩以是四鄰慎選行人非其才莫敢使喜親才智士或有欺飾則擯棄不復召勤恤民隱方獵思食必倍價購於民以爲從官率向時兵役驛騷詐稱諸延子弟強入民家姦淫無忌民皆居徹盧以免其擾合贊禁之民始有室家之好各省官吏交替以金符爲憑後者至則前者繳貪吏不能爲奸釐定科則而重徵暴斂之弊除裁省驛傳而官奪民馬之風息西域自遭大兵汗

萊偏野合贊下寬大之令四載始升科於是荒地日闢先時兼募民兵而糧入將弁伍額虛懸校覈既嚴兵數始實定戰兵守兵之制調發不至一空士卒亦得休息朮赤察合台後王時來戰爭蒙古兵被俘者鬻爲奴合贊以爲辱出貲贖之得萬人列於親軍刑官向受諸延節制讞獄多枉法改易官制而聽訟以平庫款出入設簿籍以稽之盜賊橫行商旅裹足設捕兵以衛之錢質駁雜有禁權量不一有禁鬻良爲倡有禁流氓無賴强索人財以供獻哈敦諸延及哈敦諸延出貲借貸而以重利困民皆有禁良法美意施諸實政者班班可考蓋蒙古建國西域以來僅見之主也案西域元史推崇甚至似因同教而貢諛然合贊三伐西里亞時東羅馬國以突厥遺族侵害其境請平亂願以王女爲婚合贊允俟俟及事畢即往治之迨兵敗旋薨故東羅馬人尤痛惜之謂合贊不死羅姆之地

必能底定土耳其國必不能與語出鄰邦之天主教人則其治國之才固可信也

元史譯文證補卷十一

元史譯文證補卷十二

兵部左侍郎總理各國事務衙門行走加三級臣洪鈞撰

合兒班荅補傳 西書音似喀兒奔特

合兒班荅阿魯渾次子母烏魯克哈敦客烈亦部王汗孫撒里只之女至元十八年誕生時值行役於馬魯之西沙漠中衆憂無水俄大雨至衆喜以爲吉兆稱曰鄂爾采布哈鄂爾采猶言吉烏魯克奉天主教故生子受洗禮教士名以尼可拉斯稍長定名曰合兒班荅西域語猶云驢夫娶昆徹司喀特哈敦爲蘇袞察克子沙第之女其母霍兒庫達克則旭烈兀子出木忽兒之女也奉天方教合兒班荅從婦言亦奉教嗣位後仍稱鄂爾采國中敕令多稱鄂爾采圖蘇罕默德呼搭奔特呼搭奔特猶

言上帝奴僕國人多稱爲鄂爾釆圖蘇爾灘兒合贊在位時命轄呼拉商等地大德八年合贊薨信至其將謨雷慮阿拉佛郎爲變祕不發喪先遣亦生布哈句郭爾赤句喀兒篤克布哈往殺阿拉佛郎呼拉商統將賀爾庫達克素助阿拉佛郎亦遣殺之三將至與戰賀爾庫達克被獲而死郭爾赤亦戰沒事定合兒班荅乃率諸將西行至台白利司都外奥古行宮即位西七月二十一日以庫特魯克沙出班司兵火者撒特哀丁薩費薩費爲火地名者賽夷忒拉施特哀丁治賦拉施特之名此傳與他處略異元史有賽典赤贍思丁傳賽典即賽夷忒之異譯秋至梅拉嗒西九月十九日成宗使臣與察八兒篤哇使人皆至請多年戰爭今已悔禍息兵用是布告遣使西域本紀無考冬朮赤後王脫脫遣使來賀西十二月初九日西書音似托克台釋前王合贊所拘之埃及

使人令歸並遣使偕往約和大德九年徵克兒漫酋沙喝奇汗入朝蘇約兒喀特迷失之子大德七年受合贊之封嗣其族兄謨罕默德沙之位以其不奉令不以時納貢拘留勿遣克兒漫地歸蒙古官轄治西遼國人在西域者至是位絕建新城於空庫兒歐隆之地在可斯費音西偏北二百里多桑於他處別稱舍路押斯又稱社烏拔斯阿魯渾在位時剏議而未行至是城成名曰蘇爾灘尼牙即元史之孫丹尼牙尼牙譯義爲治所王宮教堂規制閎麗遂遷都焉亦建生壙於內堡大德十年成宗使至賜名鷹珍異西三月初八日元史無考十一年西四月十四日拉施特哀丁修史成先是蘇爾灘尼牙之北基闌境內有小部東北負裏海東南西南皆山長祇百八十里而分十二部各有土酋主治阻山負險自爲一國不甚受約束篤哇既薨後王寬闍遣阿兒渾之子阿兒岱哈贊來告喪因語

及基闢之地蔑爾國至今負固未能討定篤哇等王深以爲笑合兒班荅恥其言令庫特魯克沙出班與圖干句謨敏分率三軍自將一軍分四路以進出班與圖謨二將降下數部庫特魯克沙亦攻勝他部已乞降而庫特魯克沙之子昔保赤拒之仍進兵殺掠此衆據險殊死戰主帥陣亡一軍幾沒合兒班荅由他道入戰勝納降事大定而庫特魯克沙敗信至遣勁兵三千人往復戰沒二將繼遣呼辛句賽云赤往乃平其衆他部降者定歲貢額究喪師之由鞭昔保赤以其父所部屬於出班海拉脫酉法克哀丁當合贊時曾遣合兒班荅往討師不得志輸饟行成而罷合兒班荅卽位不自來朝大德十年遣呼拉商統將丹尼世門巴哈圖兒再討之脅交尼古荅爾部衆及三載貢賦

議不洽兵進截其糧運法克哀丁乃與丹尼世門盟誓以城讓自遷阿蠻庫堡丹尼世門入城而內城仍爲其將麻罕沒特所守堅不可攻丹尼世門遣告法克哀丁不入內城無以覆君命而爲汝祈宥赦罪也法克哀丁以告其將開門延之約無得多帶從卒丹尼世門先遣其子偕他將入盛筵款接比自入伏發門閉丹尼世門父子皆被害是年秋合兒班荅令亞薩鄂爾爲統將丹尼世門之子布載句塔垓往復父仇次年春進戰不利築長圍困之法克哀丁旋病沒城內糧匱餓莩相望麻罕沒特力竭始降次年夏亞薩鄂爾令布載獻俘於朝行後遣人追殺之於途法克哀丁弟基亞代丁先爲質子合兒班荅自基闌凱旋至蘇爾灘尼牙聞海拉脫事定乃令基亞代丁嗣酋位埃及

數擾阿昧尼亞合贊以蒙古兵千人助戍大德八年埃及兵入境殺掠甚衆次年復至敗衄而去亡數千人阿昧尼亞王海屯第二致書阿勒坡守將喀喇桑柯爾請納歲貢罷兵埃及允之是年海屯第二讓位於姪立畚第四自入天主教堂爲僧大德十年合兒班荅以妻父亦憐眞爲羅姆鎮帥其將璧拉爾古屯阿昧尼亞界上十二年立畚第四與亦憐眞同入謁璧拉爾古間立畚訴己過失又以其旣事蒙古復貢埃及遂殺立畚亦憐眞奏劾之合兒班荅誅璧拉爾古立海屯季弟鄂聖爲王羅姆西境握托蠻國浸盛（即今之土耳其國詳見西域上傳注中）擾東羅馬屬地東羅馬王安鐸魯尼克思藉蒙古之力平定其衆以女瑪里亞嫁合兒班荅蒙古人稱之曰脫司配挪哈敦（譯義爲公主）武宗至大四年

合兒班荅自素尼忒敎改奉十葉敎亦曰十亞（見西域上傳注）仁宗皇慶元年以庫款虧鈌縱下侵蝕殺其相火者撒特哀丁薩費宗王科爾迷失謀叛於羅姆討平之併四子皆伏法（云是旭烈兀第九子之子考旭烈兀傳無是名也）建新城於報達之東埃及數將來奔先是埃及王那雪爾以權歸將帥不樂居位遜國他適親軍大將撒耳開思人（即元史地理志之撒耳柯思）鄙拔耳思即位號謨雜費爾蘇爾灘國人不願仍迎那雪爾歸國縊死鄙拔耳思阿勒坡統將喀喇桑柯爾（義爲黑鷹）與謨罕納等知那雪爾不相容率騎卒千人來奔合兒班荅命官授地待以寵禮思乘隙伐西里亞是年冬出師（西十二月十五日）出班賚云赤伊遜庫特魯克與角兒只兵咸從衆號十萬渡哀甫拉特河攻拉黑貝堡逾月不下遂班師皇慶二年以長子

不賽因出鎮呼拉商時年九歲呼拉商夙爲儲君分封之地故未及其長即開藩府賽云赤及阿爾固爲將拉施特哀丁之子阿白都而拉體甫司財賦喀剌鑾人佔羅姆枯尼牙城云是涯托鑾一類人案西域水道記卷一注白黑斯圖濟至搭爾罕皆噶勒察種噶勒察轉爲喀剌鑾鑾爲同類之意出班往征降宗其衆察合台後王寬闍即位未二載即薨族叔達里括嗣位篤哇幼子葛伯克乘其飲宴刺之死西書云葛伯克繼其兄亦生布哈即位元史本紀泰定三年有藩王怯別獻豹等語怯別轉音即葛伯當是一人武宗至元二年宗親立篤哇次子也先不花即西書之亦生布哈併有海都舊地遣其弟古特魯克火者建藩於阿母河南印度河東與呼拉商爲鄰古特魯克火者卒其子島特火者嗣族兄帖木兒古爾干與爭國皇慶二年遣使歸附於合兒班荅請助兵於是西域宗王敏干將呼拉商兵

以往烏特火者不能禦渡阿母河歸見也先不花請兵復仇其時也先不花叛命與王師戰於騰格里山而敗即天山不暇西兵適朝使自西域還賚合兒班荅呈進方物乃拘使臣殺之並其從者七十人本紀武宗至大元年六月遣脫里不花等二十八使諸王合兒班荅計其年分往返踰五載不應如是之遲當是仁宗初元所遣之使而元史失紀也復引兵禦王師而不能勝突而基斯單之地多爲王師所躪元史牀兀兒傳有之延祐元年敗叛王也先不花等軍於亦忒海迷失之地二年敗也先不花所遣將於赤麥干之地追出其境至鐵門關遇其大軍於札亦兒之地又敗之年分皆符也先不花不得志於東乃思逞於西延祐二年遣宗王葛伯克烏特火者亞索伏兒率兵渡阿母河與西域帥亞薩鄂爾戰於八脫吉思近地敗亞薩鄂爾殺布載擾呼拉商凡四月以糧乏又以王師已至塔剌斯亦息庫爾特穆爾圖淖爾西人稱爲亦息庫爾故軍返葛伯克謂亞

索伏兒奉天方教陰附合兒班答雖得呼拉商而不能守也先不花信弟言令捕亞索伏兒兵至拒捕葛伯克爲敗亞索伏兒慮大軍至力不敵遣族人誠帖木兒謁不賽因欲來從不賽因使請命於父允之並令庫兒迷失句圖干率二軍渡阿母河爲援海拉脫酋基亞代丁亦以兵從延祐三年秋西九月亞索伏兒正與也先不花戰援軍至敗之掠布哈爾撒馬爾干忒耳迷民戶以南編置希部而干分地授耕亞索伏兒謁合兒班答令駐巴達克山堪達哈爾兩山之中先是朮赤後王族人巴拔避禍率萬人奔於西域延祐二年往擾貨勒自彌之地其時朮赤後王稱諤思伯鎭守貨勒自彌之將爲庫特洛克帖木兒巴拔兵至拔之俘其民五萬人而歸亞索伏兒聞之自忽氊引兵疾馳

截其歸路盡奪俘掠（此役當在亞索伏兒未擾呼拉商之先）誇思伯遣宗王阿克布哈來詰巴拔之亂延祐二年秋（西九月）至蘇爾灘尼牙謂若巴拔所爲請君討之若由主命則請以兵相見合兒班荅謝曰我不知其稱兵犯境非有命也殺巴拔父子禮其使而遣之麥喀酋倭邁宰特來奔麥喀爲教主謨罕默德墓所謨罕默德之壻阿里後人世爲之酋倭邁宰特既嗣而弟兄爭位埃及以兵助爭者倭邁宰特逃以合兒班荅奉十葉教與同教延祐三年來乞援合兒班荅遣哈赤狄兒堪的率千人衞以還國次年春行至巴索拉爲伯都音人夜攻覆其衆（伯都音爲阿剌比土人之名歷考西書此外無蒙古兵入阿剌比之事元史郭侃傳之大房近人因明史有天方改大房爲天房以附合之甚誤）倭邁宰特哈赤狄兒堪的僅以身免更一載始得復國延祐三年冬（西十二月十六日）

廣雅書局栞

合兒班答薨年三十六合兒班荅御衆以寬好酒色致不永年

子六人長不賽因餘幼卒女三人二女皆嫁出班一幼卒

元史譯文證補卷十二

元史譯文證補卷十四

兵部左侍郎總理各國事務衙門行走加三級臣洪鈞撰

阿里不哥補傳

西域書作阿里布喀義謂潔淨之牛蒙古稱牛曰布哈哈喀二音互用阿里不哥事實具見元史而西域書所紀有元史所未詳者爲補傳以著之

阿里不哥睿宗子憲宗世祖之弟憲宗南征命留守和林等地憲宗崩於軍以序以賢世祖當立而阿藍荅兒渾都海脫火思脫里赤等謀立阿里不哥中統元年世祖卽位於開平阿里不哥亦僭號於和林城西按坦河以上本元史案按坦河似卽阿爾泰河朔方備乘謂阿爾泰河在科布多西北入哈屯河考之俄圖喀屯河在克姆克姆赤克正西約七百里克姆克姆赤克卽謙謙州西域書云阿里布喀夏居阿爾泰山冬居乞兒吉思所轄之地卽其母唆魯禾帖尼湯沐之地寬廣三日程故知部地在阿爾泰河左近和林城西別無按坦河當云和林西北乃合從其叛者憲宗子阿速帶史表作阿速歹玉龍荅失

昔里給史表又作昔里吉西域書稱失勒給及察合台後王世祖既即位遣察合台孫不里之子阿畢世喀與其弟往轄察合台分地以防阿里不哥阿畢世喀哈木耳作阿卜世干又作阿卜世喀其弟名喀薩兒行至陝西爲叛黨所獲致於阿里不哥當即阿藍荅兒渾都海等輩中統元年大敗其軍於姑臧見本紀其時察合台分地爲合剌旭烈之妃倭耳干納主治已九載阿里不哥立貝達爾之子阿魯忽見察合台諸王傳以代倭耳干納使爲己援而防伯勒克世祖遣諭阿里不哥不奉命殺阿畢世喀二王引兵而東令出木忽兒旭烈兀子喀拉札爲前鋒遇世祖所遣亦孫哥之軍戰而敗衆皆散亦孫哥爲朮赤哈薩兒之子史表作移相哥本紀亦作也先哥今改伊遜克西書稱伊遜喀改本音是憲宗元年本紀又作亦孫哥今從之中統元年帝至和林時阿藍荅兒渾都海西涼之軍已爲王師所獲叛帥伏誅據本紀增入阿里不哥駐謙謙州

憂不敢遣使歸款請俟馬肥而後入覲並將約伯勒克旭烈兀阿魯忽三王同來推戴帝允之令速入朝勿俟三王之至令亦孫哥留兵守和林以待自回開平遣散餘軍本紀中統元年十二月帝至自和林是年親征未遇阿里不哥卽歸葢由於此中統二年秋後阿里不哥至和林僞言歸順出不意突攻亦孫哥敗之遂據和林兵踰沙漠而南帝聞警亟集兵再親征本紀二年十月括馬徵兵修燕京舊城屯軍近郊皆事起倉卒得西域書始明顛末冬戰於昔木土淖爾西域書作昔木而台云近戈壁詳太祖本紀譯證阿兒郤空哥兒注中在獨石口東北四百里本紀是年十二月以昌撫葢利泊等羅兵革免今年租賦是知戰地離獨石口不遠諸王合丹等見本紀擊敗其衆帝不令逐北俟其自悔阿里不哥見不追越十日回軍再戰於阿兒忒之地云亦近戈壁復近曲兒貴兒克山此山名無考案本紀合丹等既斬其將及其兵三千人塔察兒與合必赤等復分兵奮擊大破之追北五十餘里似亦兩役惟西域書謂再戰之役自曉至夕未分勝負而阿里

不哥追與元史異今兩存其說於注中阿里不哥旋遁其時阿魯忽已代倭耳干納而阿里不哥徵求牛馬軍貲糧餽使者絡繹於道阿魯忽苦於供給悔從逆殺其使將歸命於朝阿里不哥因是亟引而西欲攻阿魯忽道經和林不守而去帝撫定和林以罷兵免賦稅車駕還大都西域書言將追阿里布哈以中土有事變故歸考本紀三年二月李璮叛投宋或二年冬叛狀已露故郎班師又本紀是年七月諭將士舉兵攻宋十月宋兵攻瀘州劉整擊敗之或因有事於宋故不暴師於北中統三年西一千二百六十二年阿里不哥之將哈剌不花與阿魯忽戰於布拉城及賽喇木淖爾兵敗哈剌不花沒於陣耶律希亮傳中統三年從大名王至忽只兒之地會宗王阿魯忽至誅阿里不哥所用鎮守之人欲附世祖復從大名王及阿魯忽二王還至葉密里城五月為阿里不哥兵所驅西行千五百里至孛劣撒里之地六月又西至換札孫之地又從至布拉城又西行六百里至徹徹里澤剌之山后然輜車皆留於此希亮母及兄弟亦在焉希亮單騎行二百餘里至出布兒城又百里至也里虔城而哈剌不花之兵奄至希

亮又從二王與師還至布拉城與哈剌不花戰敗之盡殲其衆二王乃函其頭遣使報捷年分兵事戰地皆與此合西書稱賽喇不渧爾曰速忒庫爾元史暗伯傳客居于闊宗王阿魯忽之所世祖遣辯徹干等使阿魯忽以通好阿魯忽亦使者數年弗遣案阿魯忽為阿里不哥所立故先未附世祖然中統三年已欲歸款朝廷數年不遣恐非事實阿魯忽恃勝輕敵還駐伊犁河瀕城中散遣其兵未幾阿速帶率第二軍繼至入自鐵門奪阿力麻里城阿魯忽敗退踰天山而南至和闐喀什噶爾僅有翼從左翼已潰阿里不哥亦至阿力麻里駐冬阿魯忽復退至撒馬爾干耶律希亮傳於希拉城戰勝之後云十月至于亦思寬之地四年至可失哈里城四月阿里不哥兵復至希亮又從征至渾八升城案于亦思寬當即烏斯勘在喀什噶爾西北見訛跡邦釋地戰勝之後不應西退先勝後敗傳未詳言也至元元年本紀謂阿里不哥自昔木土之敗不復能軍試以希亮傳考之便知其誤阿里不哥擾阿魯忽之地戶口逃亡餱糧無出又病疫部下將士以其多殺阿魯忽之衆皆蒙古人自戕同類羣議其非時玉龍

荅失已歸附朝廷駐兵阿爾泰山云近緯已堪河無考本紀至元元年先書賜諸王玉龍荅失印先朝獵戶後書阿里不哥與諸王玉龍荅失阿速帶來歸蓋有以也又哈木耳云憲宗御印在阿里不哥處玉龍荅失向索阿里不哥不敢匿以印與之據此則賜印賜獵戶有由來矣於是部衆多往投之阿里不哥失衆憂阿魯忽乘弱來攻乃使倭耳干納偕馬思忽惕往議和阿魯忽娶倭耳干納任用馬思忽惕治布哈爾撒馬爾干等地收其財賦軍勢復振海都附阿里不哥攻阿魯忽爲所敗阿里不哥無兵無餉無助勢益蹙至元元年來降西一千二百六十四年入謁後帝熟視無言既而哭阿里不哥亦哭帝曰試據理論之我弟兄二人孰應嗣大位阿里不哥曰昔日我爲是今日帝爲是耳宗王阿濟格當即阿只吉見史表察合台位下謂阿速帶曰殺我兄弟阿畢世喀非汝耶西人兄弟不分是兄是弟不能辨別阿速帶曰此奉阿里不哥之命今

我臣服於帝若帝命殺汝我亦不能不從也帝禁止其爭次日令四親王三大臣鞫訊其從官阿里不哥自引僭號抗命之罪無預諸臣其將最長者爲禿滿見本紀奮然曰是我等謀也請勿罪阿里不哥而置我等於刑帝奬其忠復研詰阿里不哥乃曰不魯花西書作布爾喀而本紀謀臣中有不魯花必即其人阿藍答兒二人勸我先帝已崩兩兄將兵在外指世祖及旭烈兀我爲留守義當即位於是誅其謀臣凡十人本紀僅具五人之名而復有等字疑非只五人史省文也王大臣議免阿里不哥阿速帶之死無昔里給不解其故諭知旭烈兀伯勒克阿魯忽三王俾其審議以聞帝從之旭烈兀伯勒克咸議爲是阿魯忽則謂已之分藩未由帝命未便置詞至元三年阿里不哥即病卒葬於太祖睿宗墓旁元史阿老瓦丁傳至元八年世祖徵礮匠於宗王阿里不哥王以阿老瓦丁亦思馬因應詔案西域

書至元三年阿里不哥已卒且僭號拒命窮蹙始降不應復令分藩蓋是阿八哈而誤作阿里不哥也

元史譯文證補卷十四